东水流长

纪念恩师苏东水先生

王国进 著

天津出版传媒集团

天津人民出版社

图书在版编目(CIP)数据

　东水流长:纪念恩师苏东水先生 / 王国进著. --
天津:天津人民出版社,2021.11
　ISBN 978-7-201-17735-9

　Ⅰ.①东… Ⅱ.①王… Ⅲ.①纪实文学－中国－当代
Ⅳ.①I25

　中国版本图书馆CIP数据核字(2021)第202327号

东水流长:纪念恩师苏东水先生
DONGSHUI LIU CHANG

出　　版	天津人民出版社
出 版 人	刘　庆
地　　址	天津市和平区西康路35号康岳大厦
邮政编码	300051
邮购电话	(022)23332469
电子信箱	reader@tjrmcbs.com

策划编辑	王　康
责任编辑	王　琤
特约编辑	郑　玥
封面设计	汤　磊

印　　刷	天津新华印务有限公司
经　　销	新华书店
开　　本	710毫米×1000毫米　1/16
印　　张	13.5
插　　页	1
字　　数	200千字
版次印次	2021年11月第1版　2021年11月第1次印刷
定　　价	78.00元

谨以此书献给苏东水教授

东融西鉴执教六十年师德八方共仰
水长山高著书千万字哲思九天永存

序　言

　　我的恩师、复旦大学首席教授苏东水先生是当代著名经济学家、管理学家、教育家和社会活动家。他治学严谨、知识渊博、著述丰硕,在多个学术领域为国呈有建树,奉有贡献。特别值得一提的是,他以饱满的文化自信带领一批中青年学者创立了东方管理学派,并经过几十年如一日持之以恒的努力,为学术界和高等院校孕育了一门成熟的新学科——东方管理学。他提出"以人为本、以德为先、人为为人"的东方管理学核心思想,赢得国内外专家学者的广泛认同和高度重视。

　　东方管理学是先生四十多年孜孜不倦、刻苦研究的成果。先生根植华夏,从古代文献中汲取丰富的思想文化精华,为经济管理学的现代化注入东方哲学因素和传统人文养分。先生学贯中西,又从西方管理学百年发展中"拿来"和整理出现代管理学的规律性特点;从"人的研究"出发,探讨企业发展的关键和模式;从近现代华商的经济管理实践中提炼中西互补和相融的智慧,开拓了我国经济管理的广阔学术疆域。

　　先生批判地吸收了中国源远流长的传统文化精华,创造性地阐释了管理学的人本思想。"人"是先生研究东方管理学的起点和归宿。先生对"人"的关注和钻研最早可以追溯到其大学时代。先生的母校厦门大学当时的校长是《资本论》的翻译者王亚南教授。学生时期的苏先生对王校长讲授的课程和学术报告就非常重视、仰慕,场场不落。据先生回忆,王校长有一场题为"谈人生与艺术"的报告,让他印象深刻,并对人的研究产生浓厚兴趣。先生那时就立下宏伟志向:今生一定要开创有中国特色的学科来论述人,研究人及人与人的关系,调动人的积极性,为"人"学的研究做出贡献。此后,无论工作岗位如何变迁,生活和工作条件如何艰苦,先生始终坚持这一研究方向,从不放弃。

　　先生所关注的"人"不是抽象的人,而是具体的人。在他看来,"以人为本"就是要以最广大人民群众为本,以他们的利益为本,这是东方管理理论的重要思想基础。先生主张:管理的最终目的要回到"人"上;要摈弃"小我",服务"大我";要回归"无我",

即"圣人以百姓心为心"，"以无事取天下"。先生不仅这样主张，也这样践行。在离开母校、为国效力的六十余年漫长岁月中，先生无时无刻不将人的研究作为重中之重，无时无刻不将关心人、帮助人作为自己的人生信条。也正因为此，他赢得了众人的景仰和尊重。

2021年6月13日，先生因病医治无效，在上海逝世。得知先生离去，我的双眼几度模糊，而与先生往日相聚的情景却历历在目。记得去年夏天，我与一师弟同去华侨新村看望先生，我们还相谈甚欢。彼此合照后，我们握手道别。但没想到这次的相聚竟成永别。时至今日，每每回忆此景，我的心中不禁感慨万千⋯⋯

作为先生的弟子，我多年来深受教益和鼓舞，希望先生的故事也能让更多的学生和后来者得到教育与启发，故在此尝试以尚显粗糙的文笔将恩师成长、创学及助人的往事记录下来。本书定有不少不足之处，敬请读者指正！

王国进

2021年6月20日

目　录

1. 幼年

　　在中国的东南沿海,有一座著名的历史文化名城——泉州。它背山面海,一条宽阔的晋江穿城而过,风景异常秀美,古人称赞它"山川之美,为东南之最"。泉州人杰地灵,八教融合,是"市井十洲人"的都会,历史上出现过众多的文学家、科学家、政治家、军事家、思想家。泉州还是著名的侨乡。据不完全统计,泉州籍的海外华人华侨和港澳同胞有670多万人。

　　泉州城内靠近南门的地方有一条寮仔街,是泉州城里众多四通八达的街巷之一。这条街自唐代以来就是泉州的主干道。从海上过来的商船会在南门靠岸,货主再将

货物通过聚宝街、寮仔街等运入城中。直到民国年间,中山路成形后,寮仔街的干道功能才逐渐变弱。

在寮仔街两边的整齐骑楼中,矗立着一幢非常特别的建筑。这是一幢6层高的中西合璧民居,楼房窗子的镜框仿照伊斯兰教建筑特点设计,而阳台又带有西洋建筑的味道,墙壁的建筑材料则采用闽南特有的牡蛎壳合成的灰沙。屋内的陈设更是古色古香,正厅的中堂上方悬挂着一个大大的"善"字,具有非常浓郁的中国传统大户门风。这幢楼房始建于1928年,最初只有3层,12米高,即便这样,也是当时泉州城内的第一高楼。后来,由于屋里的人口不断增加,20世纪60年代的时候,楼房的主人又在之前的基础上往上加盖了3层,达到6层。这样一来,这栋楼房在整个寮仔街更是鹤立鸡群了。整个楼房共有两个店面,8个厅,28个房间,造型别致、结构坚固,这在当时不仅极为少见,就算放到今天也具有非常高的艺术价值和历史价值。这幢楼房的设计者和拥有者是一名印尼华侨之子,名叫苏祖鹤,其先祖为宋代的贤相兼世界首创钟表的科学家苏颂。令人难以置信的是,苏祖鹤设计这幢房子的时候只有18岁,并且他并非专业设计师或建筑师,而是一名悬壶济世的医生。特别值得一提的是,苏祖鹤给乡亲们看病并不收钱,而是把治病救人当作自己修善积德的修行。后来,苏祖鹤还用自己辛苦积攒的钱为家乡捐赠过一所学校。

1930年10月25日,随着一声嘹亮的啼哭,这幢特别的建筑里增加了一名新成员。他就是享誉海内外的管理学大师、东方管理学派创始人——苏东水先生。不过,苏东水最初并不叫此名。因为他排行老二,年幼时又体弱多病,父亲苏祖鹤特意给他起名仲生,希望他能体格强健、茁壮成长。这个名字一直使用到苏东水成年,就连他结婚证上的名字也是苏仲生。后来,一位他非常敬重的老师对他说:"你天资聪慧,意志坚强,性格和善,适合到更广阔的天地去发展,这个地方应该在泉州的北方,中国的东部,并且还应该在江海相连之处。"于是,这位老师便给他起了另一个名字——苏东水。从此以后,苏仲生便成了苏东水的号。事后,苏东水将老师起的名字告诉了父亲,苏祖鹤也表示赞同,并鼓励他走出泉州,到祖国的东部和北部地区发展。在父母的首肯下,苏东水大学刚毕业便远赴东北,投入到热火朝天的新中国建设之中。这是后话,下文再说。苏东水其实是德字辈,按族谱起名为苏德生,所以他还有个别号为苏德生。

幼年的苏东水聪明、懂事、好学,最喜欢听祖母讲孝道故事。每当月朗星稀的时候,他与姐姐和弟妹们会缠着祖母,要她讲大孝感天、亲尝汤药一类的古代孝道故事。苏东水一边听,一边问这问那,那些孝道故事成了他受到的东方管理文化方面的启蒙教育。他的父亲则以实际行动教育他们姐妹兄弟要行善积德。苏东水至晚年还清楚地记得父亲常说的那句话:"你们要做好人,做好事,要树立道德、仁德的观念。"他的母亲黄淑绵勤俭持家,性格和善,很少对孩子们发脾气。苏东水8岁的时候,他在印尼开发橡胶园的祖父带着多年辛苦经营积累下来的财富回到故乡。不过,在苏东水的记忆中,祖父身上并没有半点富豪的骄奢,而是一个喜欢既出钱又出力为家乡修桥铺路的和气老人。苏东水经常看到祖父拿起锄头修乡间小路,拿起斧头建溪上木桥。总之,优渥的家庭条件和良好的家庭氛围使得苏东水自很小的时候起就养成了大气谦和、与人为善的品行。

2. 读书

苏东水稍大点后，注重诗书传家的父亲把他送进当时泉州城内唯一的私塾接受教育。私塾先生是一位六七十岁的老人，平时不苟言笑，喜欢体罚学生，一同读书的其他二十多个大小孩子见到先生大气都不敢出。好动、顽皮是儿童的天性，童年的苏东水也会因为淘气被不苟言笑的私塾先生用戒尺狠狠打几下手心。不过，他却不怎么怕先生。这主要是因为他在学习上的表现令先生比较满意，挨打的次数自然就要比同伴们少了很多。那时候，私塾先生常常让学子们背诵《三字经》《千字文》《增广贤文》一类的启蒙读物。这些书比较枯燥，一般的孩子常常背了上句忘下句。苏东水非但不感觉枯燥无味，反而感到特别有趣，自然就多花些工夫去琢磨和背诵。最后，当先生检查大家的学习成果时，苏东水总能顺利过关并常常得到先生的肯定。学完启蒙读物，先生又教苏东水及他的同伴们背诵《神童诗》《千家诗》《唐诗三百首》《宋词》等名诗名词，以及《论语》《孟子》《大学》《中庸》《易经》《书经》《诗经》《周礼》《春秋》等经典。后来，当功成名就的苏东水回忆起这段私塾学业时，他不仅没有什么不适，反而非常庆幸自己在儿时就打下了非常扎实的国学基础，每有所感，他还会填上一首词或写下几句古体诗。

苏东水十一二岁的时候，泉州市内的新式学堂多了起来。见过大世面的爷爷和父亲决定让苏东水继续学习。于是,他以同期考生第一名的优异成绩考入了培元中学。说起培元中学,那可不是一所普通的中学。这所学校是由印尼爱国华侨李功藏在1904年捐资创建的,首任校长是剑桥大学的毕业生安礼逊。特别值得一提的是,培元中学还得到过孙中山先生的关怀。1920年1月,孙中山先生带头向培元中学捐款,并在捐册扉页亲笔题写了"协兴教育"四个字。1921年11月,孙中山先生再次亲笔题写"共进大同"赠勉培元中学。自创办以来,培元中学培养了很多著名的专家、学者,除苏东水外,中国科学院高能物理研究所原所长张文裕院士、复旦大学原校长谢希德教授、中国音协原主席李焕之、厦门大学原校长林祖庚、吉林大学原院士蔡镏生、东南大学原校长陈笃信等都曾在这所中学学习过。不过,读书时的苏东水肯定想不到的是,2005年他因为向时任校长杨一彪赠送了一本自己撰写的《东方管理学》而使"以人为本"成为培元中学新时期办学理念的重要组成部分。

父亲对读中学的苏东水要求很严。据苏东水向笔者回忆,他每天清晨五六点钟就会被父亲叫起来,或者读书,或者画画,或者跟随父亲到泉州城内各大著名寺庙进香、礼佛。苏东水说,自己有时也会感觉辛苦,但是看到父亲每天起早贪黑,累得够呛,他也就咬牙忍住了。那时候,他的父亲为了补贴家用,在城内开了一家名为"新来新"的小商店,每天忙忙碌碌,非常辛苦。与父亲挤在商店竹床上睡觉的苏东水看得非常真切。好在他父亲坚持诚信经营,他家的生意很快就兴隆起来了。在父亲的严格要求和他自己的刻苦努力下,苏东水中学时的成绩非常优秀,经常在大小考试中名列前茅。这样的成绩自然引来了街坊四邻的艳羡。他成了邻居眼中多才多艺的大才子。

在培元中学,苏东水不仅学到了文化知识,还接受了爱国、民主思想的熏陶。他的思想越来越进步,而抗日战争时期日本轰炸机投在他家楼房上的两颗炸弹更增强了苏东水以实际行动走上报国之路的决心。在那次日机对泉州城的例行轰炸中,他家那栋"泉州第一高楼"的楼顶被炸出了两个大洞,后来在日机停止轰炸后才补上。从16岁起,苏东水便义无反顾地投入到中国共产党的地下工作之中。他的家还被党组织选中,作为地下交通站,他自己则充当交通员。地下工作惊心动魄,稍有不慎便有生命危险。有两次,地下党正在他家里开会,敌人不知从哪里得到消息,找了过来。眼看敌人就要闯进苏东水的家门,他父亲赶忙安排他引导同志们从后门撤离。及至敌人进屋盘问,苏东水的父亲表现得就像什么也没发生一样,机智地将敌人应付过去了。后来,苏东水回忆这些往事时,十分感慨地说,父亲对他地下工作的充分理解和支持,不仅让他有了更足的底气,还避免了被抓和坐牢的命运。

　　1950年，苏东水考入厦门大学企业管理系。在这里，他系统地接受了经济管理知识的教育，并在大学三年级的时候认真研读了《资本论》原著。这为他后来从事经济管理的研究工作打下了坚实的基础。当时的厦门大学校长是《资本论》的翻译者王亚南教授。苏东水对他的讲座特别感兴趣，场场不落。王亚南有一场报告的题目是"谈人生与艺术"。王亚南讲得形象生动，苏东水听得津津有味。这次报告令苏东水觉得研究人与经济的关系比较有意思，他从此对人的研究产生了浓厚的兴趣，并立下宏伟的志向：将来一定要开创有中国特色的学科来论述人，研究人，调动人的积极性，为人的全面发展多做贡献。

　　除了本专业的学习，苏东水还博览群书，通读了《三国演义》《西游记》《红楼梦》《鲁迅全集》《莎士比亚全集》《世界文库》等古今中外名著。那个时候，他对《三国演义》最感兴趣，因为里面有许多充满智慧的故事。他最佩服的三国人物是诸葛亮，因为诸葛亮不仅富有智慧，而且忠心耿耿。在大学期间，他还积极参加各种社会工作和勤工俭学活动，并在这些活动中逐步展现出出色的领导能力，先后担任企业管理系学生会主席、校分配委员会中心组成员等职务。

　　紧张而充实的大学生活很快过去了，百废待兴的新中国建设召唤着苏东水和他的同学们。面对未来的人生之路，他该如何选择呢？

晚年的苏东水在母校厦门大学留影

3. 北上

20世纪50年代初的中国，百废待兴，在大学生毕业分配的问题上，采取"集中使用，重点分配"的原则。而作为新中国自己培养的第一代大学毕业生，苏东水和他的同学们心中除了报效祖国、任由祖国挑选外，几乎没有个人私利上的考虑。所以当苏东水接到学校的毕业分配安排以及由他担任本系毕业生赴京队队长的指示后，便迅速打点行李，意气风发地带领本系同学踏上了北上的征程。

苏东水一行的目的地是国家人事部。在那里，他们将按照人事部的安排再分别奔赴各用人单位。因为当时福建省内还没有通火车，苏东水只好带领同学们先乘坐长途客车去江西上饶，再从上饶转乘火车北上。刚开始时，没有出过远门的同学们都异常兴奋。他们趴在车窗上惊喜地看着路边的风景，七嘴八舌地说东道西，谈古论今，哪管山路崎岖、汽车颠簸？然而没过多久，就有同学开始晕车、呕吐。苏东水一边张罗着组织大家相互照顾，一边拿出自己包里的干粮分给同伴。十几个小时后，他们终于到达上饶。此时，苏东水也已筋疲力尽，他顾不上休息，更不曾想到在上饶城内看看街景，便强打着精神带领同学们前往火车站，买票，候车。

8月底的上饶，天气无比炎热，狭窄的候车室里弥漫着刺鼻的酸馊味。心细的苏东水取出清凉油让大家涂在太阳穴和人中穴上，以防中暑，或掩盖一下周围的异味。

可能是水土不服,也可能是过于劳累,尽管十分小心,苏东水还是拉起了肚子。他捂着肚子一趟又一趟往候车室的厕所跑,登上开往上海的火车后依然没什么好转。窗外的风景依旧变幻迷人,起伏的山峦不紧不慢地往后退去。然而苏东水和他的伙伴们已经无心观赏。火车车厢像个闷罐一样,苏东水浑身虚脱,额头布满了汗珠,半旧的短袖白衬衫也已经被汗水浸得湿漉漉的。他反复安慰自己:拉个肚子而已,比起即将到来的重要工作算得了什么? 挺一挺也就过去了。

好容易挨到了上海火车站。按照原定计划,苏东水一行要去上海财经学院看望一下那边的同学。现在大家都非常疲惫,正好可以休整一下,顺便逛逛大上海。然而作为队长的苏东水丝毫不想耽误,一种神圣的责任感在他内心升腾,他暗下决心:必须尽快把同学们平安带到国家人事部。就这样,仅仅在上海财经学院逗留了一夜,苏东水便说服同学们,咬紧牙关继续向北前进。又经过了十几个小时,他终于把这群同学安全带到国家人事部。在那里,他和同学们被分配到全国各地,自此,开始了人生的新征程。

苏东水被分到重工业部有色金属管理局。有色金属管理局则直接把他派往东北老工业基地参加基层实践。在他的思想意识里,大学生毕业就是要为新中国建设服务的,到哪里不是报效祖国? 所以苏东水二话没说,背起行李就奔赴东北。

初秋的东北大地雄奇壮美,漫山遍野的黄色、金色、红色,就如同一幅幅经典的油画。这令生于南国、长于南国的苏东水深深地震撼了。他庆幸自己被分配到如此秀丽的地方从事社会实践,竟一下子把以前听闻的关于东北天寒地冻的故事全部抛到九霄云外。

4. 磨炼

　　苏东水以极大的热情投入到人生的首份工作当中。然而当他在老师傅的带领下,真正走进工矿、山村的时候,他对自己所从事工作的艰苦和危险程度才慢慢有所领悟。那时候,东北地区的有色金属矿山大多是日本侵占时留下的。当年日本人对东北采取掠夺式开发。他们把矿山破坏得千疮百孔不说,就连矿井里的矿柱也被毁掉好多,因而塌方这种事时常发生。有一次,他同领班的班长准备一起下矿井。那位班长是生产技术员出身,井下作业经验非常丰富,能听得出矿山落盘的声音。走在前面的班长小心地侧耳听了听,突然扭头对苏东水说:"小苏,快走!矿井可能要塌!"话音刚落,矿井便轰然塌陷了。班长还没来得及掉头便被塌下来的巨石紧紧埋住,活生生的人瞬间就没了。苏东水眼睁睁地看着这一切,惊得目瞪口呆,第一次深切地感受到生与死之间竟然那样迫近,第一次深切地感受到国家的工业基础竟然那么薄弱,更是第一次真切地感受到一个普通工人竟然那么伟大与博爱。班长的预警令苏东水逃过了一劫,而班长自己却永远离开了人世。

班长在危难之时把生的希望留给别人的忘我精神对苏东水一生的学术和做人都产生了深远的影响。他说："我这条命是一个普通工人以他自己的命换来的。在生死面前,那位工人能这样大公无私,处处为他人着想,我应该向他学习,应该千方百计克服一切困难,努力用自己的实际行动为国家、为他人多做贡献。"苏东水是这么说的,也是这么做的。此后的几十年时间里,苏东水都没有忘记那位班长的救命之恩及他自己的誓言。

天气一天天冷了下来。10月中旬起,他所在的夹皮沟地区就纷纷扬扬地下起了第一场暴雪。夹皮沟地处松花江右岸,东临敦化市,矿产资源非常丰富,地下贮藏着金、银、铜、铁、铝等十几种珍贵的有色金属,有"中国黄金第一镇"的美称,早在唐、宋时代就有采金记载。但是这里的生活环境也异常艰苦。苏东水和他的工友们不仅要冒着刺骨的寒风和没过膝盖的积雪连续奔波于矿井上下,还要忍受着粗茶淡饭、缺油少盐的煎熬。

夜深人静的时候,他开始想念家乡和亲人。在泉州,最冷的月份平均气温也有十几度,穿件薄棉袄就行了。到了3月,火红的刺桐花会把泉州城的深街老巷、红砖古厝装点得妩媚而妖娆。想到刺桐花,他不由得想起了王十朋的那首诗:"初见枝头万绿浓,忽惊火伞欲烧空。花先花后年俱熟,莫道时人不爱红。""真美!"他忍不住笑了。一阵北风吹来,他栖身的那间四面透风的简易宿舍薄板门咣当作响起来。他感觉浑身上下刺骨的冷,不由得连打了几个喷嚏。他把头缩进那床单薄的被子里,又把身体蜷缩起来。还是冷。他只好哆嗦着起身,用皮带扎牢被子的另一头,再把棉袄棉裤之类的衣物一股脑地重新压在被子上,似乎暖和了一点。他又开始想念家人,想念妻儿。1951年春节的时候,他与张云珊在两家父母的安排下喜结连理。此后的几年里,两人聚少离多,现在更是远隔三千多公里。他感觉非常歉疚。好在张云珊知书达理,一门心思在家照顾老人和孩子,对他没有半点怨言,还在前不久给他的家书中告诉他家里一切都好,说他身体瘦弱,要他照顾好自己,安心做好领导分配的工作。想到这里,他心里涌起一股暖流……

随着调研工作的持续深入,苏东水渐渐发现那里的工厂管理完全照搬苏联的"一长制"模式,厂里的大事小事都由厂长一个人说了算,不仅非常僵化,会埋没其他干部和群众的聪明才智,还容易滋生决策错误和贪污腐败现象。他联想到自己在大学期间通读过的《资本论》和《红楼梦》等经典著作,联想到当年在厦门大学听过的王亚南的"谈人生与艺术"的报告,意识到这样的管理模式必须改变。他想:"中国有非常优秀的传统管理文化,为什么一定要一味照搬苏联的?"他开始深入思考企业管理到底要干什么,逐步意识到企业管理的本质应该是正视人的主体地位,最大限度地调动和发挥人的积极性、主动性和创造性。他还认为,工厂管理应该从实际出发,特别是应当充分发挥中国传统思想文化中有价值的东西。思路厘清之后,他开始着手将自己的所思所想写成文章。

在当时的氛围下,一个刚毕业的大学生提出与主流思想完全相左的观点是不可想象的,不仅要担理论风险,还要担经济风险和政治风险。对于这些风险,苏东水虽然血气方刚,却异常清醒。但是一种探索真理、坚持真理的责任感从内心深处牵引着他。他东奔西跑,上山下矿,虚心向工友和农民请教,收集到大量的一手材料。有了这些材料,苏东水心里有了底气。很快,他的文章就在报章杂志上刊载了。至1956年9月,苏东水围绕企业管理、技术管理、技术教育以及如何提高劳动生产率等问题发表了百余篇高质量的文章和有关新中国建设的通讯报道。

苏东水的勤奋、高产和真知灼见赢得了干部群众的高度肯定,他个人的身份也经历了从调查研究员到秘书、科长的转变。后来,苏东水在回顾自己一生的艰难时刻时,还对在东北的艰苦经历感慨万千。他说:"严酷的自然环境和艰苦的生活虽然让我历经磨难,并因此落下了关节炎的老毛病,却也磨炼了我的意志,让我了解到企业的生产实际,了解到基层人民的生活艰辛,这是我一生的精神财富。"在东北,他还立下了一生的志向:"学者应该为民做学术,今生一定致力为中国服务。"

1956年9月,苏东水接到组织上调他去上海财政经济学院工作的通知。他虽然已经与东北这块神奇的土地结下了深厚的感情,还是服从了上级的安排,带着对这片土地的依恋,带着丰富的实践经验,带着在恶劣环境中磨炼出的坚强意志,也带着严寒冻出来的关节炎病根,依依不舍地踏上了南下的列车。

5. 静修

来到上海财政经济学院以后,苏东水继续坚持理论联系实际的工作作风,白天教好自己的学生,或者深入大小工厂进行调查研究,夜晚伏案备课或撰写调查报告、研习经济管理理论,度过了一段相对平静的岁月。1958年,他根据对中国乡村小企业的调研心得,写了一本名为《社队工业》的书并在内部出版。

1958年8月,上海财政经济学院与华东政法学院、复旦大学法律系、中国科学院上海经济研究所、中国科学院上海历史研究所等合并组建上海社会科学院。苏东水又成了上海社会科学院的一名研究人员。恰好在这个月,中国大地上掀起了一场轰轰烈烈的"全民大炼钢铁运动"。对于中央提出的"全党全民为生产1070万吨钢而奋斗"的宏伟目标,27岁的苏东水和千千万万中国民众一样,内心无比激动。苏东水因为有过东北工矿企业的实践经验,很快被组织选中并派往浙江机床厂担任了一个十多人炼钢小组的组长。

那个时候,大家的工作热情都空前高涨,苏东水也不例外。没有高炉,他带领大家自建小钢炉;没有原料,他带领大家到处捡废铁;没有燃料,他就和大家一起上山砍树烧炭……连续多日下来,苏东水和同事们都累得筋疲力尽,工间休息时,头一歪就可以在小锅炉旁边的地面上呼呼大睡。尽管条件如此艰苦,却没有人说出半句怨言。当通红的铁水流到锅炉下面的沙坑并慢慢凝结成一块又黑又硬的大铁饼时,苏东水和他的同事们兴奋得欢呼雀跃。然而当他得知自己和同事们费尽心血炼出的铁疙瘩差不多毫无用处时,他深受刺激,内心极度郁闷。"这可是对人力、物力、财力的巨大浪费呀!"他默默地在心里念叨,并开始琢磨如何才能在达到数量目标的同时确保钢铁的质量……

回到上海社会科学院以后,苏东水结合自己大炼钢铁时的经历,写过《蚂蚁啃骨头——小机床造大机器》之类的之章,为他以后的学术创新打下了厚实的基础。

1960年9月,上级组织为了在上海商业学校大专部基础上重新组建上海财经学院,特意从上海社会科学院调回1958年增援该院的相关人员。苏东水就在这次回调中成为上海财经学院的一名经济管理专业教师。

为了给大学生们讲好经济管理专业课程,苏东水查阅了大量的经典著作和相关教材,认真记满一张又一张读书卡片,并根据自己的理解思考和学生的具体情况编写教学大纲。由于常常夜以继日地工作,加上三年自然灾害期间全国大面积闹饥荒,苏东水的身体变得更加瘦弱了。不过,艰苦的生活并没有消磨掉他的意志,他坚持以饱满的激情忘我地投入到自己热爱的那份工作中。因为有了非常充分的准备,再加上苏东水不喜欢照本宣科、人云亦云,他常常空手走进课堂,顶多在口袋里装上几张读书卡片。这使得他的授课方式特立独行,也特别能够调动起学生听课的好奇心和积极性。在讲课时,他还十分善于从中国传统文化,特别是经典文学和民间文学中汲取营养,引经据典,娓娓道来,因而总能把枯燥的专业知识讲得深入浅出,他的课程也总能受到大学生们的热烈欢迎。

1961年,苏东水搬进了华侨新村。有了稳定的居住环境,他更加心无旁骛地沉浸在经济研究和教学工作中,更加享受把自己的聪明才智奉献给热火朝天的新中国建设事业的那份特别感觉。特别值得一提的是,他的家人也都十分理解和支持他的家国情怀和事业追求。这也使得苏东水在自己的事业追求上更加无所羁绊。

苏东水的教学、科研成绩及较强的组织协调能力引起了组织上的高度关注,他被列为上海财经学院院长的候选人之一。就在这个节骨眼上,一场史无前例的"文化大革命"发生了,正常的教育教学秩序受到了极大的冲击。苏东水的这次职务调整也被无限期搁置了。不过,淡泊功名利禄的苏东水对此并不遗憾。令他深感遗憾甚至忧虑是,"文革"对正常教学秩序的冲击正在愈演愈烈……

6. 救人

很快,苏东水便意识到自己在这场运动中的微不足道。非但如此,他还差点成了批斗对象。原因是他在老家泉州做生意的父亲被人贴了一张大字报,说他父亲资产阶级剥削意识严重,还说他父亲有海外关系,有里通外国的嫌疑。好在他父亲一贯与人为善,常常义务帮人治病,邻里关系非常融洽,个别心术不正者的暗箭并没有给他带来太大的麻烦,当地"文革"小组经过反复审查以后也没有找到什么对他不利的证据,这场风波也就慢慢平息了。

"文革"之风越刮越烈,人与人之间的关系变得愈发谨慎、紧张。在这种环境下,苏东水始终牢记父亲的教导,坚持与人为善,谨言慎行,尽量回避那些毫无意义的争斗。真正遇到问题时,他却能本着知识分子的良知,敢冒风险,挺身而出,尽其所能地帮助受到红卫兵迫害的专家学者和领导同事。

有一次,一名同事在抄写标语、口号时,不小心将毛主席的"主"字漏写了上面的一点,写完标语便走开了。站在标语一旁的另一名同事发现后,悄悄地对苏东水说:"这家伙真是坏透了,竟敢故意不写'主'字头上的一点!这分明是咒骂主席嘛!"他要苏东水跟他一起向"文革"小组告发,准备把那个写字的人打成"现行反革命"。苏东水婉言拒绝了这位同事的要求。他清楚,一旦告发,后果会非常严重。待准备告密的那位同事离开后,苏东水赶忙提笔把那个漏掉的一点加上,不声不响地走开了。不一会,那位同事带领一群红卫兵气势汹汹地返回。红卫兵们反复查看,并未发现标语上有什么问题,便责怪那位告密的同事"谎报军情"。告密者急了,说:"刚才我亲眼看见××故意把毛主席的'主'字漏写一点,怎么可能'谎报军情'呢?"还说:"不信你们去问苏东水!"说罢就跑出去硬把苏东水拉了回来。不过,在红卫兵面前,苏东水并没有如他所愿,替他作证,只是轻描淡写地说:"人家本来就是这样写的,你说漏一点,可能是你看错了。"就这样,那位写字的同事因为苏东水的暗中助力,逃过了一劫。告密者虽然非常愤怒,却一时找不到发泄对象,反倒被红卫兵数落了一通。

　　"文革"闹得最凶时，上海财经学院也和众多大中专学校一样"停课闹革命"。学生们自行开展大批判、大辩论、大串联，甚至开展两派武斗。此时的学校基本处于瘫痪状态，不少师生纷纷离开校园。苏东水知道自己管不了天下事，但他决心坚守做人底线，执掌好自己的小天地。他反复默念《道德经》里的两句话："孰能浊以静之徐清，孰能安以动之徐生。"为了躲避日益复杂的冲突，他把几乎全部的热情都投入到读书、思考和记读书卡片上来。无论是诸子百家、中外文学名著，还是马克思、恩格斯的经典著作，都是他在这一时期消磨时间的读物。读书累了时，他便打开收音机。虽然那个时候除了样板戏，收音机里也没有什么好节目，但这对苏东水已经足够了，至少它能令苏东水感受一下弦律的美妙，放松一下因长时间伏案读书的紧张情绪。如果能碰上收音机里播放民乐，那他就更加开心了，常常忍不住跟着哼上几句。

　　寒暑易节，一晃多年过去了。在外面闹得沸沸扬扬之时，苏东水始终坚守着自己的做人底线，不曾随波逐流。他靠读书修炼着自己的心性，也为自己未来的学问之路一点点做着积累。但这并不意味着他对外面的世界毫不关心。相反，他密切关心着时局的变化，密切关心着众生的命运。

　　有一天傍晚时分，苏东水在河边散步。突然，远处传来呼救声。他循声望去，发现有人落水，便顾不上多想，一边高呼"有人落水"，一边拔腿飞奔过去。及至近前，他连鞋也顾不上脱，便"扑通"一声跳进水里。河水很急，落水人眼看就要被水冲到远处。苏东水一把抓住落水者胡乱挥舞的一只手。谁知道，落水者抓到他的手后，把另一只手也搭了上来，并且死死地把他往深水里拖。好在苏东水个子高，进入深水区后还没被淹住脖子。又经过一阵忙碌，苏东水才在闻声赶来的路人协助下，费尽九牛二虎之力把那位落水者救上岸来。后来，他在回忆这段往事时，满眼都是光芒。他的一个学生说："老先生那个样子就像吃了蜜糖一样，哪里还记得当年的惊险?!"这个学生还说，那个画面深深地印在他的内心深处，激励他以先生为榜样，常怀慈爱悲悯之心，做一名慈爱和勇敢之人。

7. 蓄势

1972年4月，受"文化大革命"波及，上海财经学院被撤销，教职工陆续调往复旦大学等高校。苏东水恰在这时被调往复旦大学经济系，并被分到工业经济教研组。那时候的复旦大学与上海财经学院的氛围没有太大的差别，整天闹哄哄的，今天你斗我，明天我斗你，已经不太像个学校的样子。苏东水继续秉持着远离是非争斗、净心苦读圣贤书的态度。

与之前读书略有不同的是，苏东水开始从博览群书渐渐转变为围绕几个感兴趣的领域开展重点研读。《红楼梦》就是他重点研读的领域之一。与一般人不同的是，作为一名经济管理专业教师，苏东水更注重研究《红楼梦》的管理思想。因为这时《红楼梦》还是"禁书"，他就悄悄地想方设法找来各种《红楼梦》的版本，有甲戌本《脂砚斋评石头记》、有乙卯本《脂砚斋重评石头记》、有庚辰本《脂砚斋重评石头记》……这些还不算，他又找来关于《红楼梦》的各种研究论著及佚稿。通过对《红楼梦》近乎痴迷的系统研究，苏东水渐渐意识到中国不但有自己的独特管理方式，而且底蕴深厚，博大精深，只是国人还没有意识到中国本土管理智慧的精妙，更没有系统整理、发掘并形成独立的管理学说。

除了《红楼梦》，苏东水还深入钻研了《周易》中的行为学说和《孙子兵法》中的经营管理思想。他把古书中的思想与他当初在东北的企业实践联系起来，这使他渐渐形成了企业管理应该"以人为中心、以人为本"的理念。

苏东水对中国传统文化中管理思想的研究是暗中开展的，全凭满腔的热情和极大的责任感。在当时，这些研究工作既得不到经费甚至情感上的支持，也没有地方可以发表相关的研究成果，更不能随便在课堂上宣讲自己的研究心得。不过，苏东水对此并不在意。他深信，历史的车轮滚滚向前，总有一天他的研究成果能够派上用场。

作为经济系教师，苏东水的分内工作是讲授经济课程。为了把课讲好、讲活，他做足了课下功夫，把《1844年经济学哲学手稿》《关于费尔巴哈的提纲》《〈政治经济学批判〉序言》《反杜林论》《帝国主义是资本主义的最高阶段》《论十大关系》《实践论》《矛盾论》这些马克思主义的原著背得滚瓜烂熟。这样的效果是显而易见的：上起课来不用照本宣科，对于同学们提出的问题或质疑，随时可以从原著中旁征博引。所以上他的课，同学们一点都不会感觉枯燥，反倒总能被他广博的知识储备和活学活用的能力所折服。

除了教学，苏东水也积极参与系里组织的为数不多且深深打上那个时代烙印的科研活动。1973年9月，以复旦大学政治理论课教研组名义出版的《〈帝国主义是资本主义的最高阶段〉解说和注释》就是他当时参与过的一项科研活动。

20世纪70年代中期，"文革"已接近尾声。复旦校内的学术氛围开始变得浓郁起来。苏东水因为研究《红楼梦》而与中文系的一些红学大师交往甚密。他们知道苏东水从管理的角度对《红楼梦》做过非常深入的研究，便邀请他为中文系学生讲授《红楼梦》管理思想。尽管苏东水因为讲课不带课本却能大段大段背诵经典原著的故事早已被各系同学传为佳话，但是中文系的大学生对于他能否讲好《红楼梦》还是有点心存疑问。首场讲座是在一间阶梯教室进行的，苏东水依然按照早已养成的习惯空手走进教室。他随口问了第一个问题："在座的同学有多少人看过《红楼梦》？"同学们感觉好笑："中文系大学生哪能没看过《红楼梦》？"阶梯教室里竟然发出了一阵嗤嗤的嬉笑声。然而当他又问"你们知道《红楼梦》有多少个版本？同学们都看过什么版本？"大家开始面面相觑起来，不知答案是什么。苏东水见同学们没有反应，便把自己这么多年来对《红楼梦》的研究心得跟同学们娓娓道来。几十分钟很快过去了，同学们还没听过瘾，下课铃便急匆匆地响了起来……

8. 转机

1977年,复旦大学率先恢复管理科学教育并招收了本科生。与此同时,学校成立了从数学系、经济系抽调的资深教师组成的管理科学系筹备小组。经过两年的筹备,复旦大学将经济系的工业经济教研室、数学系的运筹学教研室和计算机系的一部分老师组合在一起,又从上海社会科学院调来一部分教师,正式成立管理科学系。管理科学系下设经济管理和科学管理两个教研室,苏东水被任命为副系主任兼经济管理教研室主任。

初建的管理科学系条件非常艰苦。没有自己的办公楼,系里就临时向学校计算机中心借了几层,其中还包括一楼半的阁楼。苏东水的副系主任兼经济管理教研室办公室就在阁楼上。阁楼没有窗户,虽然可以开灯照明,但毕竟不是自然光,加上非常低矮,伸手即可摸到屋顶,所以待在里面感觉非常压抑。办公室的面积也不大,总共只有20平方米左右,里面放了七八张办公桌。苏东水的办公桌放在最里面的角落处。因为他是副系主任,按当时的条件一个人用一张办公桌。其他老师则是两个人合用一张办公桌。那个时候,人们还沉浸在粉碎"四人帮"后"拨乱反正"的喜悦之中,没有人太在意诸如工作条件、个人待遇之类的事情,况且苏东水对本教研究室的同事们都非常友善,不仅常常尽其所能地为老师们解决工作和生活中的一些实际问题,还身先士卒,吃苦在前,享乐在后。因此,经济管理教研室的人际关系也就格外和谐,很少发生矛盾和纠葛。

为了满足改革开放后社会上普遍存在的近乎饥渴状态的知识需求,苏东水与上海电视台和中央电视台取得联系,共同策划面向广大电视观众开设经济与管理系列讲座。双方一拍即合,苏东水主讲的国民经济管理学等课程很快便通过电视机传到千家万户、千厂万企。由于苏东水每次都精心准备,加上他在中国传统文化上的深厚修养,他在电视讲座上把枯燥的专业知识讲得既生动形象、通俗易懂,又自成一体、观点独到。一时间,守在电视机前面收看苏东水的企业管理讲座成了一些知识分子或厂矿管理人员们难得的学习机会。他的电视讲座在全国产生了广泛的影响。几年下来，听众达到几百万人次。这一数字在当时电视机尚且十分少见的时代是非常可观的。苏东水在这一年的电视讲座中不仅收获了大量桃李，还出版了几部高质量专著。

1982年7月由复旦大学经济管理教研室编、复旦大学出版社出版的《工业企业经营管理学》（上、下册），1982年由上海人民出版社出版的《管理现代化》，1985年5月由苏东水编、山东人民出版社出版的《企业计划管理》等专著都是苏东水在1979年上海市电视教育讲座讲稿的基础上，经过反复修改、补充完善，最终成书的。

电视讲座的成功给了苏东水极大的鼓舞。他意识到，在"文革"后的经济建设热潮中，人们迫切需要掌握最新的经济管理知识，而仅凭其一己之力似乎又无法满足这么大量的需求。于是，推动一批志同道合的同仁共同致力于管理教育的念头在他的脑际中出现。在苏东水的积极倡导和辛苦奔走下，上海管理教育学会于1982年7月2日正式成立，苏东水被推选为首任会长。此后，苏东水依托这个学术组织，团结上海市一批经济管理教师、研究人员和企业家代表，通过组织编写和出版学术著作、组织各类管理教育培训和学术研讨会等活动，在探索管理科学、发展管理教育、服务社会需要方面做了大量的工作，对推动企业管理、发展管理教育起到了积极的作用，对发展经济管理学科，特别是创建东方管理学派等做出了重要的贡献。

同样是在1979年，复旦大学恢复了自1956年一直中断的教授级别的职称调整和评定。苏东水因为讲课深受学生欢迎，"文革"中非但没有主动批斗过任何人，反而尽力保护领导和同事，因而被系里推荐为副教授候选人。那时候，复旦还没有评定教授和副教授的资格。好在苏东水的条件过硬，学校把他的材料上报到市职称评定委员会后，他的副教授职称很快就顺利通过评审了。1980年，50岁的苏东水被正式晋升为副教授。

当上副教授的苏东水明显感受到国内政治风向的变化。他虽然已至知天命之年，却感觉自己依然青春年少、血气方刚，似乎浑身有使不完的力气，就连走路也是呼呼带着风声。总之，他不想躺在副教授的职称上睡大觉、耗日子，他酝酿着以此为人生新起点，把此前三十多年的知识积累转化成造福社会的巨大能力。从此以后，他便以极大的热情致力于对有中国特色的经济与管理思想的研究与探索。

9. 受命

1981年，苏东水接到来自中宣部的任务，希望他与北大经济系的王永治一起牵头编一本适应社会主义经济建设新时期国民经济管理和专业教学急需的教材。他深感责任重大，立即全心全意投入到这项工作当中。

6月，苏东水便组织来自北京大学、中央党校等十六家大学和党校的代表在北京大学召开了首次国民经济管理学科体系和国民经济管理教材编写讨论会。在这次讨论会上，与会代表就国民经济管理学科体系进行了热烈的讨论，并对下一步的工作进行了分工。回到复旦以后，苏东水查阅大量资料，几易其稿，编写了一份十分详细的《国民经济管理概论》大纲。

当年12月7日至19日，苏东水和王永治召集各校代表在中央党校就这份大纲进行了整整13天的反复研讨，最后终于敲定了大纲并分工着手写作。正是在这次大纲讨论会上，苏东水和与会的代表开始筹建成立中国国民经济管理学会，以便为这门学科的建设和发展形成一个保障机制。

从北京回来以后，新年和寒假很快就到了。苏东水心里装着他承担的那份书稿的写作任务，哪有心情停下来享受新年和假期的安逸？就这样，在别人围着火锅推杯问盏，或者挤在暖房里打牌闲聊的时候，苏东水却静静地坐在华侨新村的书房里不辞劳苦地编写着书稿。

在苏东水的带动下，教材编写组成员的工作也都非常努力。1982年2月9日至20日，在苏东水的召集下，教材编写组在青岛市举行了为期12天的《国民经济管理概论》定稿会。与会人员围绕书稿反复讨论，精心修改，终于基本定稿。

令苏东水颇感安慰的是，他们的工作得到了时任中国社会科学院院长马洪的高度评价。马洪在当年3月5日写给他与王永治的信中称赞道："你们寄来的提纲收读，比前大有进步，主要是形成了一个体系，有一定的逻辑性，这是很好的，这对创建中国国民经济学科体系有促进作用。"然而追求完美的苏东水并没有因为权威前辈的肯定而有丝毫骄傲和放松。在青岛定稿会之后,苏东水和王永治又花了两个月的时间对书稿进行了精心的统稿、修订和完善。5月,这部凝结着苏东水心血和全国十几家高校、党校众多经济管理教师智慧的《国民经济管理概论》终于发稿,7月便由山东人民出版社正式出版。

《国民经济管理概论》的出版引起了极大的社会反响。当年12月29日,时任中宣部副部长王惠德亲自在中南海主持召开《国民经济管理概论》一书的座谈会。除了主持人以外,参会人员的规格也相当高,包括中宣部理论局、中组部宣传局、国家经贸委干部教育局和山东省委宣传部、山东人民出版社的主要负责人都参加了这次座谈会。这次座谈会对《国民经济管理概论》给予很高的评价,并把这本书指定为全国党、政、经济管理部门的10部培训教材。在中宣部等权威部门的协力推动下,《国民经济管理概论》的发行量很快超过100万册。

中国国民经济管理学研究会年会全体同志留影于泉州 1983.8.1

按说,一本书取得这么大的影响力已经非常不容易了。然而苏东水并没有就此止步,他总感觉自己在国民经济管理的研究上还可以做得更多,走得更远。为此,他决定趁热打铁,全力推动中国国民经济管理学会召开首届年会。1983年8月2日,中国国民经济管理学会第一届学术年会在福建泉州召开。在这次年会上,苏东水组织大家就国民经济管理学的体系、对象、任务、方法及有关理论、科研教学经验等问题进行了深入的交流和讨论,苏东水还被推举为中国国民经济管理学会首任会长,马洪被聘请为名誉会长。

这次年会以后,苏东水根据大家讨论的最新成果对《国民经济管理概论》进行修订并改名为《国民经济管理学》。在修订稿完稿之后,苏东水望着厚厚的手稿,回顾两年多来他与众同仁创建新学科的艰辛,即兴写下一首《浪淘沙》,其豪迈之情,力透纸背(后来,《国民经济管理学》总发行超300万册后,苏东水将词中的"一百",改为"三百"。):

> 乘改革东风,著书从容。会友南北情意浓。一百万册创高峰,学科首功。勤淘沙见金,此乐无穷。今年更胜去年红,寄望前景会更好,谁与等同?

为表彰和奖励《国民经济管理学》作者们卓有成效的劳动,1984年10月,中共山东省委宣传部与山东省出版总社专门在烟台举行优秀图书颁奖仪式。山东省出版总社的负责同志在讲话中充分肯定了《国民经济管理学》一书对经济建设实践和促进经济管理学科的研究方面所做的突出贡献。他说:"这部书综合运用社会科学、自然科学、技术科学的原理和方法,研究了国家对社会经济生活管理的规律性问题,摒弃了经济建设中外国模式的长期不良影响,实事求是地总结了三十多年来经济建设的经验和教训,把传统有效的管理经验同现代化管理科学密切联系起来,初步形成了自己的经济管理理论体系,成为一部关于社会主义宏观管理的系统完整的理论教材。"

这次表彰会以后,苏东水还参加了好几个表彰会,规格一个比一个高,影响一个比一个大。后来,《国民经济管理学》仅一等奖就获得过3次:全国优秀图书一等奖、国家教委高等学校优秀教材一等奖、上海哲学社会科学优秀著作一等奖。

10. 喷发

《国民经济管理学》一书的成功给了苏东水巨大的鼓舞,但他不想就此停步。事实上,就在他牵头编撰《国民经济管理学》的同时,还见缝插针地进行着另外一项研究,即微观经济主体的运行和管理规律。短短几年内,他就领衔编撰了大量关于企业管理的著作:

1982年6月,上海人民出版社出版的《现代企业管理实例选》(上海市企业管理协会编)。

1982年7月,复旦大学出版社出版的《工业企业经营管理学》(上、下册,复旦大学经济管理教研室编)是国内该领域较早的一部著作,获得上海"六五"哲学社会科学著作奖。

1983年,上海人民出版社出版的《工业经济管理》(参与编撰)获全国经济管理干部培训教材一等奖。

1984年,山东人民出版社出版的"企业经营管理教材丛书"(上海管理教育研究会编)共计18卷。该书系统论述了企业的计划、生产、组织、销售诸环节,成为我国最早编著发行的一套较为完整、系统的生产经营管理人员的实用工具书。

1987年4月,上海人民出版社出版的《中国企业管理现代化研究》源于苏东水1983年主持的上海市"六五"重点科研项目"中国企业管理现代化研究"的成果。在这部著作中,他提出了中国企业管理现代化的体系和内容,包括思想、组织、人才、方法、手段的现代化五个方面。这是该领域第一部专著,他因此被认为是"我国管理现代化学派的代表人物"。

就这样,在短短四五年内,苏东水以近乎火山喷发式的激情,对国民经济和微观主体的管理都做了系统的研究并产出了大量社会急需的科研成果。然而这只是他这段时间众多研究工作的一部分。

在改革开放初期,人们的思想突然从"文革"的教条主义禁锢中解放出来,似乎一时还适应不过来。在管理教育上,学术界就有两种非常有代表性的观点:一种观点认为,中国没有管理理论,所以管理教育必须全盘引进西方发达国家的管理教材;另一种观点认为,管理就是计算机加数学。对于上述两种观点,苏东水都很不认同。他认为,中国有几千年的文明史,在《易经》和先秦诸子百家的论述中就蕴含着大量的管理思想,不能因为"文革"耽误了十来年的正常经济发展,就否定中国存在管理思想。至于把管理等同于计算机加数学的观点,他认为那完全颠倒了人与物之间的关系,真正的管理应该以人为中心,计算机和数学只是提高管理能力的辅助手段而已。所以在20世纪80年代初的时候,他还要挤出时间来做"管理的古为今用"研究,他要通过扎实的研究成果来证明,中国不仅早已就有自己的管理思想和管理实践,而且中国的管理是最遵循管理本质的"以人为本"的管理。

苏东水的努力很快就有了成果。《复旦学报》(社会科学版)1985年第2期发表了以他为第一作者、史景星为第二作者的论文《试论管理科学的性质与对象》。在这篇论文中,他们首先以马克思关于管理两重性(社会属性和自然属性)的理论为指导,在率先挖掘中国历代管理思想宝库的基础上,首次阐述了管理科学的多功能、多层次、多属性的特点,明确提出管理科学是一个综合性研究生产力、生产关系和上层建筑的科学体系,与自然技术科学具有等同重要的地位。后来的实践证明,这一具有开创性的观点为中国式管理科学体系的建设明确了方向,奠定了坚实的基础。这篇文章后来获得了上海哲学社会科学论文奖。

1985年5月,苏东水在《管理世界》上发表《中国古代经营管理思想——孙子的经营领导思想方法》。这是他正式发表的关于管理古为今用的第一篇文章。1985年7月1日,《文汇报》上发表了苏东水的《现代管理的古为今用》一文。在这篇文章里,他创造性地分析了古代管理思想的现代价值,多方面论述了古今中外管理的共性和个性,引起了社会各界的极大反响。他以自己深入研究过的《红楼梦》为例说,指出王熙凤就有一套非常有效实用的管理手段。王熙凤一上任就采取三个步骤和措施:第一个措施是理出头绪,建立威信;第二个措施是建立岗位责任制,把任务落实到人;第三个措施是加强监督检查,讲究实效。总之,王熙凤通过严密的布置、严格的要求和严肃的处理这三者有机结合的管理术,扭转了宁国府那种软、懒、散的局面,变乱为治。他认为,王熙凤的这种管理方式与年代上远在她之后的西方科学管理思想鼻祖泰勒的思想何其相似!就凭这一点来看,怎么能说中国没有管理思想?非但有思想,而且要比西方的管理要早得多。

后来,在1982年下半年修过苏东水企业管理课程的一名管理科学系本科生回忆说："苏老师有着非常强烈的文化自信，当年他在第一堂课时就问：'你们可能已经知道管理之父是泰勒，有谁知道管理之母是谁吗？'当同学们七嘴八舌胡乱猜测一通后，苏老师气定神闲地说出了'王熙凤'三个字。当时同学们都惊呆了。苏老师则把王熙凤接管宁国府后如何调查研究、明确责任、检查监督、实施奖惩的故事向同学们绘声绘色地进行讲解。待同学们恍然大悟后，苏老师反问道：'你们说王熙凤难道不是管理之母吗？依我看，她不仅是管理之母，更可以说是管理之祖母！'"一堂普通的企业管理课被苏东水上得如此生动诙谐、深入浅出，以至于几十年后这位同学还记忆犹新，不能不说苏东水功底深厚、学识渊博，不能不说苏东水视角极为独特、心胸特别开阔。

11. 招研

20世纪80年代初,还有一件对苏东水意义非凡的事情,那就是1983年管理科学系的工业经济硕士点和他的硕士生导师资格获批。当年,他就首次招收了3名硕士研究生。那时候,研究生入学前还不分导师,所以在入学之前老师和研究生互不相识。9月1日那天,苏东水在学校忙了一天,但他惦记着自己的几位研究生,就与本专业另一位硕士生导师史景星副教授相约,再晚也要去看看学生们。史景星身兼管理科学系副主任,也是个大忙人,两人直到将近晚上十点才空下来。

"老苏,这么晚了,你看我们还去吗?"史景星敲开苏东水那间十几人合用的阁楼的门,问道。

"去!"苏东水仰起消瘦的脸,用带有浓重福建口音的普通话坚定地应道:"今天我们两个好容易都有时间了,明天还有一大堆事情要做。再说,我也挺想看看他们的。"

"行,我就知道你会这么说!"史景星笑着说。

两人一边讨论着今后的研究生培养方案,一边顺着校园内的那条主干道往位于国定路桥附近的复旦大学17号楼走去。他们两人的6名硕士研究生就住在那栋楼上。为促进不同学科同学间的相互交流,复旦在分配研究生宿舍时,特意将同一专业的研究生宿舍适当打乱。所以他们的6名研究生分住在3间不同的宿舍。两人到达研究生宿舍时已经过晚上十点半了,他们很快找到其中一名研究生。这名研究生刚刚躺到床上,听说两位导师深夜造访,欣喜地一骨碌从床上翻了起来,按两位导师的要求把另一间宿舍的同学一起召集到人员相对集中的一间宿舍内。和先前的那位同学一样,大家听说导师大半夜专程到宿舍看望自己,都特别兴奋,忙不迭地从蚊帐里钻出来。有同学给两位老师搬来椅子,他们却直接坐在床沿上,这令师生之间的感情拉近了不少。

"对不起啊,同学们,这么晚了才来看你们!"苏东水刚一坐定便向研究生们道起歉来。史景星也跟着说:"我们手头的事情太多,影响你们休息了!"他指了指苏东水,

接着说:"这位是苏东水副教授,我叫史景星,我们俩是你们工业经济专业的硕士生导师,今后你们在学习上、生活上无论有什么困难都可以直接跟我们说,我们会尽力帮助大家!"同学们被两位老师的真诚深深地感动了,忙说:"尽量不给老师添麻烦!"两位老师都会心地笑了,接着一一问过几位同学的姓名、以前所学专业等基本情况。当得知有的同学来自华东师大数学系、有的同学来自北大经济系、有的来自上海理工大学机械系、有的来自复旦哲学系时,苏东水笑着说:"好!好!这才是现代管理嘛!这种专业组合很好地体现了现代管理科学多学科交叉的特点,也点出了学习和研究管理学的基本方法!"两位老师又问过宿舍里其他专业同学的情况,叮嘱自己的6位研究生要与其他专业的同学友好相处,相互学习,取长补短。苏东水还特别强调,硕士研究生阶段的学习不同于本科,既要进一步学习大量的专业基础知识,又要理论联系实际,主动参与各种社会活动,特别是要积极参与同专业相关的社会工作,学习和研究的强度会非常大。因此,他提醒同学们一定要注意锻炼身体,还说,只有身体强健了,才能顺利完成硕士阶段的学业。

两位老师在宿舍里与同学们聊了近一个小时。苏东水抬腕看看表对史景星说:

"差不多了,再晚我就赶不上公交车了。"史景星也说:"对,同学们第一天来校报到,也都很累的,我们快点走,让他们早点休息吧!"

这次短暂的探望令苏东水的几位研究生至今仍记忆犹新。他们谈起初见恩师时不经意间流露的那种受宠若惊的神情,令旁观者备感羡慕。

苏东水的运气不错。当他大步赶到公交汽车站时,最后一班开往华侨新村的公交车刚好到站。他健步跨上车。司机冲他笑着点点头,他也报之以同样的微笑。因为常常在这个时候乘坐回家的公交车,这趟车的驾驶员都对他非常熟悉。大家就像老朋友一样,每次见面都会默契地相互打个招呼。车里只有十来个人,他寻了一个靠窗的座位坐了下来。轻柔的夜风顺着打开的车窗吹了进来,他感觉非常舒适,不禁伸了个懒腰。汽车不紧不慢地往前行驶着。苏东水看着窗外静谧的夜色和星星点点的路灯,思绪进入了另一项刚开始不久的研究项目:泉州发展战略研究……

12. 反哺

　　苏东水生在泉州，成年后一直在外地工作。他对家乡怀有特别深厚的感情。在他的内心深处根植着这样一种特别的观念："一个人只有热爱家乡才会有作为，这是一个人的德行。"改革开放以后，眼看全国各地经济建设高潮迭起，苏东水开始琢磨起如何才能为家乡做点实事来。

　　1981年，在上海乃至全国学界、企业界已经声名鹊起的他应家乡政府之邀在泉州工人文化宫义务做了一次"现代企业管理"讲座。这次讲座取得了极大的反响，也令苏东水意识到自己可以发挥专业优势，通过为家乡发展出谋划策来回报家乡。1982年7月，苏东水带领正在筹建的中国国民经济管理学会的部分专家、教授，在泉州做乡镇企业和市场经济发展方面的调查。调查间隙，他还同与会者一起游历了泉州十八景之一的清源山。在与大家的交流中，他便萌生了为泉州市政府制定社会经济发展方略的想法。

　　1983年8月，为了扩大泉州的知名度和影响力，把更多的全国各地专家、学者吸引到泉州，他决定将他任会长的中国国民经济管理学会的首届年会放在泉州召开。在这次年会召开期间，苏东水组织学会在泉州义务举办了企业干部培训班，为当地企业培养经营管理人才。同月，他又组织学会在泉州举办了现代经济管理讲习班。

　　通过三年八次实地调研，苏东水发现，在20世纪80年代初，泉州发展建设中正面临三个巨大的压力：一是转向市场经济发展中的体制压力；二是全国闻名的"假药案"，可谓政治的压力；三是泉州民营企业迅速发展中国有企业向何处去的压力。

　　为找到破解这些压力的良方，苏东水带领相关专家学者及自己的研究生，一边调研，一边思考，一边讨论。在家乡有关部门的支持下，他于1986年10月8日在泉州华侨大厦主持中国国民经济管理学会、华商管理学会及来自全国各地大学和科研单位的学者108人,召开"中国乡镇经济发展比较研讨会"。在这次研讨会上,来自全国各地的代表比较分析了"苏南模式"和"温州模式"。苏东水则首次提出"泉州模式",并论证了"泉州模式"是建立在社会主义市场经济、因地制宜、充分利用本地资源,发展"小""专""活"和多种经济形式基础上的,它具有五个基本特点:股份制的经济形式、外向型的市场经济、国际化的经营道路、侨洋式的生产条件、灵活的经济管理和亲、地、文、商、神"五缘"经济网络关系。

时任泉州市委书记张明俊等市委、市政府领导一直关心着"泉州模式"这篇"文章",对他的调研工作提供了全方位的支持。后来,苏东水将调查研究的观点形成论文《试论"泉州模式"的经济特点及其意义》,在1987年第2期的《复旦学报》(社会科学版)上正式发表,在国内外形成较大的影响,成为福建省各地开发的重要参考。许多专家学者据此把"泉州模式"和"苏南模式""温州模式"并列称为中国沿海经济三大模式,各地政府官员也纷纷到泉州取经,这令泉州市取得了重大的宣传效应和经济文化价值。

为了团结和凝聚广大在沪泉州籍乡亲,更好地服务于闽南、泉州侨乡和上海市及周边地区的经贸交流与合作,苏东水开始在泉州市相关部门的支持下,酝酿成立"上海泉州侨乡开发协会"。1987年新年伊始,他专程拜访了时任全国政协副主席、中国作协主席巴金先生。巴老在1931年至1933年期间,曾三次短暂寓居泉州,对那里的

复旦学报《社会科学版》一九八七年第二期

试论"泉州模式"的经济特点及其意义

苏东水

泉州是举世闻名的文化古城，著名侨乡，宗教圣地，人文荟萃，古人盛赞它"山川之美，为闽南之最"，是"市井十洲人"的都会。

不久前，中国国民经济管理研究会华东管理学会在泉州举行年会，探讨了利用"侨、优、特"发展乡镇企业的"泉州模式"。作者出于对侨乡的热爱，三年来曾八次到该地区进行访问、考察。本文着重阐述"泉州模式"的经济特点及其意义浅谈自己的看法。

同苏南、温州模式一样，"泉州模式"也是建立在社会主义商品经济，因地制宜，充分利用本地资源，发展"小"、"专"、"活"和多种经济形式的基础上的，但又有自身的特点。泉州乡镇经济发展模式是以股份制为主的外向型的市场经济，具有侨、洋式的生产条件和灵活性的经营管理。

（一）股份制的经济形式

泉州一共有乡有企业23350家，451,000个劳动力，总收入为66,000万元，其中股份制企业分别占50%、63%和60%，而辖城区股份制企业数分别占该区企业数的65.5%和总收入的58%。股份制企业在其生产、流通和各个领域和生产要素之间形成了适应社会主义商品经济的运行机制，具有独特的创造力。

泉州乡镇企业由自发到自觉地发展以股份制为主的经济形式，大体上经历了三个阶段。

初创阶段，三中全会后，群众经营乡镇企业的观念复苏，大家开始集资合伙、特别是集资侨台合股办企业。其中晋江县到1985年为止总投资额达五千八百二十万元，其中侨资占四千二百万元，合股的形式包含多种形式，有资金入股，也有实物入股，还有技术入股，劳力入股。

竞争阶段，当乡镇企业遍地开花以后，就出了竞争局面，雄厚的资金，先进的设备、技术及管理顺应是企业竞争中取胜的关键，而这些又都出于各种原因，重新组合，甚至进行全行业的合股或多种体制组合合股，使竞争能力大大提高。

联合阶段，自1985年以来，泉州市又出现了一些新的经济横向联合的形式，其中不少是通过股份制形式进行联合的。同时，中外合股经营企业也不断增加，仅晋江县中外合股企业就由1984年的十七家增到85年的80家，合股形式越来越多。终于形成了一种颇有生命力的经济模式。

从泉州辖城区看，目前股份企业已成为该区乡镇企业的主体，对经济发展起着积极作用。全区乡镇企业1700家，1986年总收入为1.9亿元，其中股份企业总收入高达11020万元，占59.17%。辖城区实行股份制，有以下两个特点。

其一，广集资。1985年市乡镇企业有固定资产23887万元，流动资产2572万元，其中4910万元，其中来自股份的资金正4000万元，占80%。这些资金除有侨资、三胞资金，也有有解和群众个人的游资。在华侨和港澳台胞中，有许多是经济实力雄厚的实业家，平均每年汇入该区的侨汇就有900多万元，加上菲律宾、印尼、香港、台湾等地的一些游资正在寻找出路，为该区利用、吸收外资，发展乡镇经济，建立股份制企业提供了有利条件。其中，吸收侨资、三胞发展乡镇企业的方式有这样几种：一是与华侨和港澳台胞合资办厂；二是发展"三来一补"业务，引进先进设备，加工产品外销；三是华侨、港澳台胞向大陆亲属送小型先进设备；四是把侨眷平时的余资汇集起来，开办股份企业。群众中游资多，1985年底，城乡居民储蓄存款2.5亿，社会资金充足。

风土人情印象十分深刻,自认为"一生中最快乐的日子,就是在那样的土地上度过的"。巴老不但在泉州创作出小说《父与女》,回到上海又写出了《春天里的秋天》《南国之梦》《黑土》等脍炙人口的作品。可见巴老对泉州有多么深厚的感情。当苏东水告诉巴老自己要牵头创建上海泉州侨乡开发协会时,巴老当即表达了热情支持之意,这令苏东水非常感动。后来,苏东水又拜访或致电、致信联系了包括时任复旦大学校长谢希德院士在内的一大批泉州籍专家、学者、企业家及党政干部,请他们担任协会顾问或理事。

在苏东水的辛苦奔走和不懈努力下,上海泉州侨乡开发协会于1987年4月在上海正式成立。这个协会是上海市社会团体管理部门正式批准登记的三家地域性社会组织中最早的一家。上海市有关领导和泉州市五套班子成员亲临大会,并对苏东水的创造性工作及他超强的凝聚力、领导力给予非常高的评价。苏东水在成立大会上当选为会长,巴金被推选为名誉会长。此后的二三十年时间内,苏东水带领上海泉州侨乡开发协会为泉州和上海的社会经济发展做了大量卓有成效的工作,赢得了家乡和上海人民的高度尊重。

13. 调研

在上海泉州侨乡开发协会成立仪式的间隙,时任泉州市委书记张明俊和市长陈春荣与苏东水谈及泉州市的中长期发展问题,希望他能在提出"泉州模式"的基础上,领衔制定《泉州市2000年经济社会科技发展战略》。苏东水感觉这正是自己为家乡做贡献的好机会,二话没说就欣然同意了。

几天后,苏东水在给研究生上课时兴奋地宣布了这一消息,希望研究生们能一起参与这一课题。当时,研究生毕业不到一年,正在作他助教和研究助理的一名开门弟子忍不住谈了自己的看法。苏东水感觉非常有道理,以商量的语气问他愿不愿意一起参加这个课题。那名弟子本来就十分勤奋好学,也深知研究地区发展战略这样的实践机会非常难得,当即就开开心心地答应了。

苏东水心系泉州发展战略一事。他以最快的速度搭建了一个由复旦大学、上海交通大学、上海工业大学、上海政法学院等高校的一批知名教授和他们的研究生共同组成的研究团队。这里需要说明的是,1985年4月,复旦大学正式建立管理学院,苏东水开始担任经济管理系主任,并于同年晋升为教授。那个时候,大学的教授不仅非常稀有,还非常繁忙。苏东水能把这些知名教授邀请进由他领衔的研究团队,不仅因为他自己是教授,更因为他在之前的学术交流中与他们建立了良好的个人关系。

不久之后,苏东水确定了前往泉州进行实地调研的行程。为确保调研活动有序开展,苏东水决定带领那名弟子打前站。对于研究团队首次去泉州调研的情况,那名弟子多年后记忆犹新。他在后来撰写文章中回忆到,上海到泉州没有直达的火车,他陪同恩师先坐火车到厦门,再从厦门转乘长途客车去泉州。他们到达厦门时太阳已经落山,对路一点都不熟的他只能稀里糊涂跟在恩师身后。等他们师徒二人到达泉州时已经是深夜了,苏东水直接把爱徒带进自己的家里。这是他首次去恩师的老宅,也是他第一次见到师母。师母个头不高,衣着朴素,神态十分和气,见自己的先生带着开门弟子来家,心情格外愉悦。师母下厨,很快做了几个地道的泉州饭菜端上桌来。因为体谅这位特别的客人一路旅途劳顿,师母不停地为他夹菜添饭。饭后,师母又忙前忙后,安排他在自家楼上休息。这令他倍感温馨,连声向师母道谢:"谢谢师母!谢谢师母!您家真大,光楼梯就要走这么长时间,让您受累了!"师母却微笑着用浓重福建口音的普通话说:"不要客气,就把这里当你自己的家好了!"

从第二天开始,研究团队的其他教授和研究生们也陆续到达泉州。苏东水立即着手带领大家展开密集的访谈和讨论。一周后,苏东水宣布,教授们因为还有其他工作要做,得回去了,他自己也要去香港中文大学访问,研究生则需要留下来与泉州市政府的规划工作小组继续开展现场调研。按照这种安排,就出现了一个问题:研究团队的负责人不在现场,谁来组织这帮研究生们开展日常工作呢?苏东水没说,大家也没有问,他的那名弟子当时也没有多想。这时,一位来自北京的张教授找到那名弟子说,教授们希望他给泉州市政府配备的规划工作小组讲一讲经济发展理论与产业选择。他以为就是要让工作小组了解一下相关知识,以便开展调研工作,就连准备都没做就在当天下午直接开讲了。哪知到会场一看,听讲的除了工作小组成员以外,张教授也在旁听。原来,张教授是教授们特别委托来考察他的专业水平和组织能力的。考察的结果令教授们非常满意。第二天,苏东水就郑重地告诉教授和他们的研究生们,那名弟子的专业水平和组织能力都非常过硬,当教授们不在泉州时,日常调研工作由他带领研究生们继续进行。苏东水还嘱咐爱徒务必按照进度开展工作。

远在异乡带领一群其他教授的研究生们开展调研工作,这对刚刚硕士毕业一年,

年仅33岁的那名弟子来说无疑是一种挑战。不过,他也非常清楚,既然自己的恩师和其他教授们决定把这么重要的任务交给他,这说明恩师对他是十分信任的。所以他也就壮着胆子把任务应承了下来。

　　苏东水和教授们离开泉州以后,那名弟子就开始独立带领其他各校研究生们开展调研工作。他们去了泉州的各个县,走访了政府和企事业单位,圆满完成了苏东水和教授们交办的任务。此后,苏东水又带领他多次到泉州开展调研和讨论。对于恩师安排自己参与泉州发展战略这一课题并协助完成课题成果,那名弟子心存感激,认为恩师的放手历练,让他开阔了眼界,锻炼了观察、分析、研究和组织协调的综合能力。

14. 献策

在苏东水的精心组织下,"泉州发展战略"研究工作有条不紊地进行着。他带领研究团队不辞劳苦地奔走在闽南崎岖山路上的样子令人敬佩,也为当年的参与者留下了众多美好的回忆。

据苏东水另一名硕士毕业留校任教的开门弟子回忆,有一次跟随恩师赴泉州调研,回沪前,恩师告诉他三名同学说,这一次他们要先从泉州乘长途客车到福州,再从福州改乘飞机回上海。听说要乘飞机回去,大家都异常兴奋,因为在此之前,他们只是仰望蓝天观看一下偶尔从头顶上飞过的飞机,却未曾亲身乘坐过。不过,当他们得知那趟飞机的机型是三叉戟,并且与林彪在温都尔汗坠毁的那架飞机还是同一种机型时,都不由自主地担心起来。就这样,这三名开门弟子在期待、兴奋与担心、害怕交织的复杂情绪中整整折腾了一夜没睡好觉,直到他们与恩师一起登上飞机,眼见他不慌不忙、气定神闲时,才稍稍放了点心。

这位弟子无比感慨地说:"苏老师对于学生和部下的信任是一贯的、由衷的。他放手让学生去做项目、去讲课、去写教材等,是他培养学生的独特方法。当我们自己也为人老师时,当我们自己也走上管理岗位时,才终于懂得放手和信任的重要性,才深刻体会到那时候苏老师把我们推到第一线的良苦用心和对我们人生成长的重要意义。"

泉州市政府感念苏东水的学术影响和他热心为家乡经济社会发展辛苦奔走的精神,特意聘请他为市政府资深顾问。"资深顾问"这个名头在很多人看来不过就是一种象征,可苏东水却把它看得很重,他本来就立志要为家乡做一番贡献,现在既然有了这个名头,岂肯只"顾"不"问",或者既不"顾"又不"问"?

苏东水在调研中发现,家乡的企业家敢拼敢闯,就是总体受教育水平不高,以至于这些企业家眼界不够开阔,这可能会限制他们进一步做大做强。于是,他加大了在家乡义务开展企业经营管理培训的力度和频率。连续几届下来受教人数有上千人。

这在一定程度上提高了泉州民营企业家的管理素质，促进了当地的经济发展。非但如此，他还非常热心地帮助家乡创建大学。事实上，早在1984年，他就被聘为泉州黎明大学的副校长。黎明大学是一所经福建省政府批准成立、教育部备案、由泉州市政府举办的公办全日制综合性普通高等职业院校。鉴于此，他决定再帮家乡创建一所新的大学。1987年，在爱国华侨吴庆星先生及其家庭设立的仰恩基金会支持下，苏东水参与创建了全国第一所具有颁发国家本科学历证书和授予学士学位资格的私立大学。刚开始时，这所大学实行福建省教委和华侨大学联合办学、共同管理的体制,定名为华侨大学仰恩学院。后来,国家教委同意仰恩学院脱离华侨大学独立办学,学校名称为仰恩学院,苏东水被任命为校长。在上级组织颁发的任命书上,明确写着苏东水享受正厅级待遇。不过,苏东水并不是一个热衷于从政的人。他在仰恩学院各项工作走上正轨后,便不再担任校长。

1987年10月,苏东水申请的国家博士点科研项目"中国沿海经济发展战略研究"获批。在该项目的支持下,苏东水先是在1987年以上海泉州侨乡开发协会专家组的名义撰写了《关于开发泉州湾经济圈的建议》并报泉州市委、市政府。后来又领衔完成了《泉州市2000年经济社会科技发展战略》的研究与编制。在这份研究成果中,他和研究团队通过近两年时间的现场调研,对泉州市经济、社会、科技现状,尤其是它的侨、文、山、海及旅游的独特性,撰写出32个专题报告,进行了定量和定性的综合研究。此后,研究团队又在上海、广州、深圳、厦门以及云南的一些城市做了广泛的实证调查研究,写了大量的调查报告,发表了几十篇文章和专题论文,提出并设计了泉州市发展战略,设想把泉州、厦门、漳州等闽南沿海三角地区独特的侨、台、文、山、海、热的区域优势和海外亲、地、文、商、神"五缘"优势结合起来,迅速发展成为与长江三角洲、珠江三角洲并驾齐驱的经济繁荣地带,成为中国经济发展最具活力的区域之一,同时辟泉、厦、漳为两岸"三通"试点口岸。

　　《泉州市2000年经济社会科技发展战略》项目成果经泉州市政府于1989年组织的全国专家学者近百人论证鉴定,认为该战略的理论体系是科学的、有创新的、与泉州地区的现状和经济发展规律相结合的,在区域经济发展战略理论上有很大突破,对我国区域经济发展理论做出了贡献,对"泉州的建设和发展起着指导作用"。当时的

福建省和泉州市领导也对项目成果给予极高的评价。时任福建省委书记陈光毅认为：“这是对福建做出的一项重要贡献。”

苏东水后来总结到，“泉州模式”这篇大文章总结了中国经济发展中的主要特点，指出了泉州未来经济发展腾飞的发展战略。为泉州在以后几十年的发展中指明了前进的正确方向，其中明确指出了企业股份制改革，这在全国来说是最早的。即使现在看来也是相当超前、相当有远见的。它在泉州的突破也是非常成功的。这篇大文章还提出了社会主义市场经济和国际化经济等观点，开创了中国改革开放理论实践的先河。

10年以后，当年的构想均已成真。作为“泉州发展战略”研究的延续，苏东水还于1993年7月通过复旦大学出版社出版了《中国沿海经济发展研究》一书。

后来，苏东水在上海泉州侨乡开发协会成立10周年之际，回顾自己致力于“泉州发展战略”研究并主持编写《泉州发展战略研究》（复旦大学出版社1999年11月出版）十几年来的风雨历程，有所感怀，即兴赋词《满江红》：

岁首年终，晋江水，今昔不同。泉州人，遍数佳绩，心潮涌动。十年巨变业绩丰，侨乡处处腾蛟龙。欢声处，“市井十洲人”，喜庆功。遇险阻，协力冲，为桑梓，图兴隆。敢拼才会赢，破浪驾风！“泉州模式”放异彩，环球乡亲齐心攻。再奋斗，振兴建新功，真英雄！

在研究“泉州发展战略”20年后，苏东水感慨“泉州模式”在改革开放的历史检验下依旧闪耀着特有的光芒，不由得三次撰文纵论和解读“泉州模式”，心潮澎湃地总结20年来泉州地区经济社会发展的新成就和新特点，并向泉州市委市政府就泉州在新形势下的新发展提出新的意见和建议，那份心向家乡的赤子之情令人异常感动。

15. 待客

1987年末，复旦大学工业经济专业博士点被教育部正式批准。苏东水作为工业经济学科带头人成为该专业的博士生导师，并经严格筛选于1988年9月录取了首届两名博士生。这两名博士生在苏东水的精心培养下都顺利毕业，之后在各自的领域也都取得了卓著的成绩，一名成了著名的管理学和产业经济学教授，一名一步步成长为共和国的将军。他们后来在回忆苏东水对他们的培养时无不充满感激之情，而他们说得最多的也是恩师的信任和放手。

苏东水对学生的培养从来就不拘一格。前面提到过，他当年给本科生上课就不喜欢使用固定的教材，仅用自己精心编写的几张小卡片，就可以把一堂课讲得妙趣横生。所以听苏东水的课是一种乐趣和享受。据80年代初上过苏东水企业管理课的一位本科生回忆，如果师母在上海的话，苏东水有时还会把学生请到他位于华侨新村的家里上课。那是同学们最开心的时候，因为不仅能在更加轻松随意的气氛中听老师谈古论今，还能一边喝着师母亲自冲泡的香茶，一边品尝师母亲手制作的泉州小食，比如炸虾片、炸紫菜、炸地瓜、寸枣、桔红糕等。浓浓的家庭氛围令远离故土的大学生们有回到父母身边一般的感觉。那位本科生后来成为某知名高校管理学院的院长。但是当他提起在苏东水家上课的情景时，脸上仍忍不住浮现出甜蜜的笑容。

苏东水的家门是永远向他的学生们敞开的。可以说，他的硕士生、博士生、博士后们几乎都去过他位于华侨新村的家里，喝过他家的香茶，吃过他家的点心和水果。他家的饭桌也常常围坐着来自天南海北的弟子，苏东水一边与他们吃着热腾腾的家常菜，一边与他们谈论学术上的热点话题。那间明亮的餐厅里不时传来师生们爽朗的欢笑声。

作为泉州人的苏东水，好客待人一直是他为人处事的习惯。据苏东水一位后来在管理学界颇有影响的女弟子回忆，当初她通过某位教授引荐与苏东水取得联系，并探问能否拜访他以向他当面请教时，苏东水爽快地答应了。待她到了位于华侨新村的苏东水家里,第一眼见到享誉全球的学界泰斗,就有一种特别的亲切之感。她想:"老师年轻时一定是个美男子,很有民国电影中知识分子的范儿。"想到这里,她无意中看到墙上悬挂的苏东水与夫人年轻时的合影大照片,照片是黑白的,那恩爱的画面犹如电影里的经典特写,很是诗意,微风吹进厅里,白色的窗帘轻轻飘拂,非常温馨。此时,她已经完全没有初次见面时的拘束感,她说:"最让我印象深刻的是苏老师说话的语速和语调,缓缓的,带着点闽南口音,而每次开始讲话的时候,他总是先微笑一下。我所有的担心和忐忑都在这微笑中消失,很快我们就进入到学术的讨论中,完全没有陌生的感觉。在我与苏老师讨论时,师母就忙前忙后为我和苏老师沏茶,为苏老师拿他所要的书籍、资料等,那种默契令我十分感动。"

那一次,她与恩师聊得很投机,不知不觉已到了吃晚饭的时间。她起身欲走,苏东水和夫人都说:"你对上海不熟,反正已到饭时,不如就在家里吃顿便饭。"她惦记着能与老师多讨论一会学术问题,便留下了。晚餐的丰盛自不必说,最令她难忘的就是那盘炒虾仁。她感觉非常温馨,以至于以后每次再到上海的饭店里吃饭,她都会点上一份炒虾仁。

苏东水的家里经常挤满了年轻的客人

16. 传道

  苏东水对学生的教育以启发和帮助学生解决实际问题为主,而且从不批评学生。据一位早年上过他管理学课程的本科生回忆,他们那代大学生属于被"文革"耽误的一代,非常珍惜学习机会,对于老师,无论男女都尊称为"先生",尽管有些老师比学生的年龄还小。

  有一次,这位学生交过苏东水布置的管理学原理作业以后,感觉好像漏写了一些东西,就花时间另外做了一份,与苏东水约好去他办公室换一下。他说:"当苏先生发现我走进他那间与经济管理教研室老师们合用的办公室时,马上站了起来,招呼我在旁边的位子上坐下,还亲自给我沏上香喷喷的安溪铁观音。待我忐忑不安地说出找苏先生的原因时,苏先生忙说不急不急,让我先说说班里同学的情况和学习上的困难。我就把同学们刻苦学习的情况向苏先生详细禀报一遍,还反映说同学们缺少参考书。苏先生认真记下我反映的问题以后,马上叫来一位年轻老师从书柜里整理出一些书叫我带给同学们。做完这些以后,苏先生才与我讨论作业问题。"他还说,苏先生仔细看了他的作业,又拿出他上次交来的作业,仔细对比了一番,笑着说:"你的学习态度很认真,值得表扬,不过我比较了一下,觉得还是上次的作业写得好。"接下来,苏东水对照他的两份作业一一分析了其中的问题。原来,他太想把作业做得完美,写了许多衍生出来的问题,结果反倒画蛇添足,把简单问题复杂化了。

  相对于本科生教育,苏东水在培养硕士生、博士生、博士后时虽然会有所不同,但是依然可以用不拘一格来形容。苏东水会给研究生和博士后们一周安排一次讨论课,这种讨论课一般放在上午。他自己往往很早就到办公室,泡好一杯热茶,一边处理各种事务,一边耐心等待弟子们到来。见到学生时,往往未等学生开口问好,他就和蔼地微笑着点头,并亲切地称呼各位"老张""老李",一下子就把师生之间的距离感彻底消除了。上课时的气氛就更加有意思了。苏东水抛出几个需要大家讨论的问题后,便任凭大家天南海北地高谈阔论。他自己则似乎是个局外之人,只是默默地端坐在办公桌边不停地写写画画。待大家讨论得不着边际时,他会突然说一声:"老胡,你前面那个观点很好,能不能再展开一下?"或者说:"老潘,你对老胡的说法能不能提出不同的意见?"这个时候,大家的思路不仅又回到前面的议题,讨论或思考往往会进入更深的层次。就这样,半天下来,苏东水在纸上勾勾画画,涂涂改改,竟然就能把一本书的大纲或一个新的理论框架勾勒出来。弟子们每每提及此事,无不感慨称奇!在这样的潜移默化中,弟子们的概括归纳能力往往都能得到意想不到的提高。

苏东水对研究生和博士后的培养更多的是让他们边做边学。据他的一位首届硕士研究生回忆,当时全国各地电视大学开设由苏东水主编的《国民经济管理学》课程,苏东水就让他参与了编写辅导教材和讲课的任务。后来苏东水主编的《管理心理学》成为上海电视大学的课程,苏东水则又将他的学生们直接推上了上海电视台的讲台。这样的锻炼机会对于年仅二十多岁的青年来说的确非常难得。弟子们都说,苏东水除了放手让他们动脑筋想问题,还给学生们提供了很多人生中的"第一次"机会,比如,第一次统编一本书的书稿,第一次学习到国家自然科学基金的申请书,第一次给工商管理硕士(MBA)上课,第一次做有关东方管理方面的学术报告……都是拜苏东水老师所赐。

苏东水给本科生授课

更加难得的是,苏东水在教学中从不以权威自居,而是心平气和地与弟子们交流讨论。据一位从日本留学回来的博士后介绍,他刚开始参加苏东水的讨论课时,发现大家谈论的"以人为本"问题似乎有点"玄妙",就大胆提出了一个似乎不合时宜的问题："在这个课堂里，我是人，老师和各位同学也是人，那么这个'以人为本'里的'人'到底是谁？从更广的视角来看，苏老师的'以人为本'的'人'在社会上指谁？在企业里指谁？同理，这个人是谁，如果在思想层面考虑的话，是否真的有意义？是否应该从制度的安排来予以分析？方法论又是什么？"这个问题提完后，室内的空气瞬间变得凝重起来，同学们彼此间也有点不知所云地看着他，又看看老师。没想到，苏东水非但没有任何不悦，反倒和颜悦色地说："你提出了一个好问题！'以人为本'不是我最早提出的，是古代的管子在《霸言》中首先提出来的。以什么'人'为本呢？管子认为应该以大多数老百姓和他们的利益为本，这是东方管理理论最重要的思想基础。"听完苏东水的解释，这位博士后似乎意犹未尽，追问道："既然古代的学者都已经提出了这个观点，那么，您为什么再次提出来呢？还有，如何才能实现大多数人的利益呢？"按理说，一个普通的博士后向苏东水这样的学术大家提出这么小儿科且有点挑衅意味的问题已经有点不识时务了，但是苏东水丝毫没有不快之色，反而更加耐心地解释道："现在提出的原因是我们做得还不够好，老百姓的利益需要制度来保障。好在中央领导已经意识到这一点，我们有理由相信，中国的'人本管理'应该是可以实现的。希望你们年轻人将国外好的经验介绍到国内，也把国内好的做法介绍到国外，这就是做东方管理学问的乐趣！"苏东水的回答令这位博士后非常感动。多年以后，当他自己站上讲台向大学生们讲解东方管理时，常常向学生们讲述这段故事。他感慨道：

苏东水参加硕士论文答辩

"那么一个大师级人物却如此平易近人地解答学生对东方管理的疑问,非但没有一点不悦之色,反而更愿意心平气和地与你探讨,这让我再次感受到学者做学问的应有态度,这也是苏老师创立东方管理理论的魅力所在。"

另外一位弟子在谈到苏东水的教育风格时,则充满敬意地说:"彼得·圣吉写了一本《第五项修炼》,苏老师实际上已经到了'第六项修炼'。他把学习型组织运用得魔术般奇妙。不论是开展课题研究,还是社会调查,他总能把每一个参与者的积极性发挥到极致,让大家都有成就感。他布置任务时,总爱说:'对这个问题大家是专家,我不懂',等到总结时,大家往往又被他高屋建瓴的归纳所折服。"这位弟子还说:"可惜苏老师不热心仕途,他要是当个大领导,一定是那种懂激励,善协调,会用人,慎用权的好领导!"

前面讲了很多苏东水关心自己弟子的故事。其实,他对于学生是没有门户之见的。对于不在他名下的研究生或博士后,他同样有求必应,关怀备至。他每周一次的讨论课就不仅是自己名下弟子的课堂,很多其他导师名下的弟子来上他的课,他也非常欢迎,问清姓名后,同样"老张""老李"地称呼着,以至于每次上讨论课时,他位于李达三楼903室的办公室都被挤得满满当当,来得稍晚一点的同学只能搬个凳子坐在门口的走廊上。对此,1999级一位其他导师名下的博士生记得非常深刻。他感慨万千地说:"正是因为苏老师的大度接纳,来者不拒,才使我最终鼓足勇气在自己博士毕业后申请成为苏老师的博士后。"而苏东水对他的悉心指导也令他成长得更快,他在博士后出站不久就在沪上一家知名高校的管理学院担任了执行院长。

一名80年代初在其他老师名下的硕士生也回顾道:"我在写作硕士论文时,感觉涉及《国民经济管理学》和中国传统管理方面的内容写得不够深入,就去向苏东水先生请教,苏先生毫无门户之嫌,耐心细致地为我的硕士论文提出了许多宝贵的意见和建议。"后来,这位硕士生毕业去了地方城建局工作并当了领导。他多次邀请苏东水亲临他的工作单位进行现场指导,使得他所在地方的公交改革得以顺利进行,人们出行困难的问题得到了很大的改善。他的一项由苏东水指导的调研课题还被市政府评为上海市决策咨询三等奖。

作者也清晰地记得,在20世纪末,自己以本校其他院系在读硕士生身份慕名旁听苏东水先生的讨论课时,他并没有因为作者的年轻鲁莽而表现出丝毫的不悦,反倒和颜悦色地与作者交流,耐心细致地解答作者提出的专业问题。他那和善的笑容与亲切的话语深深地感染着作者,正因为受此感染和鼓舞,作者竟然壮着胆子报考了他的博士研究生并最终成为苏门弟子中的一员。

17. 新高

　　20世纪80年代中期以后,苏东水领衔开展的研究项目成果和领衔编写的著作越来越多,影响力也越来越大,简直让目不暇接。

　　1986年4月,苏东水所著《管理心理学》由复旦大学出版社出版。在此后的20多年时间内,又经历3次修订再版,总发行量逾100万册。这部著作汲取了西方管理学和中国古代传统管理思想的精华,结合中国企业在走向市场过程中的实践,构筑了有中国特色的《管理心理学》内容体系。该书后来被评为1986—1993年上海哲学社会科学优秀成果著作类一等奖。

　　对苏东水比较熟悉的人都清楚,他做善事一向十分低调,给人的感觉就是一种不经意间的举手之劳。他的多名弟子都在后来的回忆中提到过,他们当年读书时,苏东水念及他们没有什么经济来源,就推荐他们去他创建的东亚管理学院讲课,还说请他们去帮忙,待这些弟子拿到学校给的讲课费时才明白,这哪里是他们帮老师,分明是老师在帮他们!

　　接下来,回顾苏东水在20世纪80年代中期至90年代初期的一些著作和重要研究成果。

　　80年代中期,苏东水主持了上海市哲学社会科学"七五"重点科研项目"中国乡镇企业模式比较研究",并于1986年率先主持了全国性的乡镇经济模式比较研讨会。在这次研讨会上,他提出了把乡镇建设成"城乡融合的新型区域",即"城乡一体化"这一前瞻性的战略目标。后来他还领衔主编了"中国乡镇企业家丛书"(共8册),于1989年由浙江人民出版社正式出版。其中,苏东水以"仲生"之名具体编著了《乡镇经济学》一书。该丛书几乎涉及了乡镇企业经营管理的所有方面,对乡镇企业的经营管理实践具有重要的指导意义。全国10多家报刊对此专门做了介绍。

　　1986年12月,苏东水组织上海管理教育学会,在山东人民出版社出版了国内首部《经济监督学》。后来,苏东水在担任上海市政协委员期间,根据《经济监督学》的基本原理和现实的情况,对政府高级管理人员如何自我监督提出了重要的提案。

1987年,苏东水接受上海社科重点科研项目《现代企业家研究》,并于1989年出版了现代企业家手册,首次就现代企业家的含义、特征、素质、性格、作风、行为、环境及经营管理、领导艺术做了全面的论述。

1987年4月,苏东水主编的《中国企业管理现代化研究》由上海人民出版社出版。该书在1993年荣获上海市1988—1991年哲学社会科学优秀学术成果特等奖,获得了广泛的好评。

1987年10月,朱善仁、苏东水主编的《现代化管理知识培训教材》(上、下册)由上海人民出版社正式出版。

同样是1987年,苏东水在主持上海社科重点科研项目“现代企业家研究”时,发出了对“敢于在市场充分开拓创新的现代新型企业家”的呼唤。他组织指导设计的“现代企业家仿真测评”科研项目,被认为是国内领先、具有国际先进水平的项目。

1988年12月,苏东水、许晨编著的《企业领导学》由浙江人民出版社出版。1989年4月,他主编的《现代企业家手册》由江西人民出版社出版,该书还获得江西省哲学社会科学优秀著作一等奖。1990年6月,他主编的《中国乡镇经济管理学》由山东人民出版社出版。

其实,苏东水在这一阶段还出版过不少著作。因为年代久远,作者未找到著作样本,这里不再一一列举。但可以肯定的是,苏东水在这一阶段出版的著作,无论是数量,还是质量,都达到了一个新的高度。

在80年代中期,苏东水还热情地关心着国家管理经济的模式问题。1986年,时任上海市市长的江泽民同志主持了上海市理论双月会,苏东水在会上提出了“间接控制论”等观点。苏东水认为,建立新型的社会主义经济体制,主要在于处理好增强企业活力、完善市场体系和搞好间接控制这三者相互关联的关系。他公开建议,国家对企业的管理应该由直接控制改为以间接控制为主。后来他提交的报告被全文印发上报中央。

作为一名“新上海人”,苏东水深爱着上海。与泉州一样,上海也是沿海城市,并且上海在全国的地位更加特别、更加重要。在“泉州发展战略”研究接近尾声的时候,苏东水开始思考上海及其周边区域的发展战略了。1991年4月18日,他恰好要参加在上海举行的“东亚-中国沿海经济发展国际研讨会”。于是,他沉下心来,准备为这次会议提交一篇高质量的论文。在与学生的讨论中,他时不时地看上一眼办公室墙壁上的那张中国地图,从长江的发源地一直看到入海口,又从上海沿着海岸线往南、又往北看去，突然，一张箭在弦上的弯弓射箭图印上他的脑际。他兴奋地指着地图对研究生们说："你们看，长江像不像即将发射的箭？"大家仔细一看，都说："像，越看越像！"于是，他那篇准备提交给研讨会的论文很快就写了出来。

"东亚—中国沿海经济发展国际研讨会"开幕后，苏东水信心满满地宣读了自己的论文，创造性地提出了"以上海为中心，南北两翼齐飞，以沿海地区为轴心，内外联动"的发展模式。苏东水还形象地比喻说："上海是箭头，江、浙是弓，整个长江流域是箭杆，箭在弦上发射，沪、江、浙经济腾飞，带动长江流域经济发展。"这一全新沿海地区经济发展模式的提出具有非常重要的战略意义。它极大地推动了我国改革开放的伟大进程，对中国沿海区域经济发展理论的创立做出了巨大的贡献，至今仍是人们乐于称颂的沿海地区经济发展模式。当时，国内外有近10家新闻媒体报道了这一具有重要意义的战略观点。后来，邓小平同志在1992年南方谈话中事实上肯定了这一重要观点。回过头来看，这个观点的出炉是非常超前的，在当时也有不同的意见。但是苏东水还是顶住了压力，理直气壮地发布了自己的研究成果。

这次研讨会以后，苏东水领衔做了进一步的研究，并将研究的成果形成一部新的著作。这就是1993年7月复旦大学出版社出版的《中国沿海经济研究》。多年以后，苏东水回忆起这项研究的艰苦历程时，对学生们感叹道："一个结论，八年心血，无数个数据啊！"

18. 出海

20世纪80年代中期开始,苏东水比较频繁地出国参加国际学术会议和讲学活动。在学术交流的过程中,他一方面非常谦虚地学习其他国家在管理理论和管理教育方面的最新成果;一方面,也满怀激情地把中国改革开放和经济建设的最新进展,以及他自己在经济管理方面的最新研究成果介绍给国外的同行或企业家、大学生们。这些活动令他眼界大开,也令他结识了各国的顶级管理专家,建立了与各国经济管理学术界交流的基础和网络。

1984年,苏东水应邀参加在日本举行的现代化国际研讨会。在这次研讨会上,他发表了"中国古代行为学说"的主题演讲。在演讲中,他将可供现代管理借鉴的中国古代管理行为学说归纳为十个方面,即人的行为规律、人的主观能动性、人的本性、人的欲望和需要、奖励和惩罚、人和、集体行为和组织行为、用人、领导行为、权力的运用等。这是他对中国传统管理文化中行为模式的最早研究之一。

1986年,苏东水再次应邀出席在日本举办的现代化国际研讨会。在这次研讨会上,他专门介绍了中国现代化管理中古为今用的事例,引起了日本学者和企业家的高度重视。甚至有日本学者向苏东水提出:"苏教授,您刚才讲得非常精彩!现在流行的管理理论基本都是西方学者提出来的,在我们东方国家开展管理实践时不一定都能适用。日本和中国都受儒学文化影响,在文化背景上非常接近,您看我们能不能合作建立'管理的东方学派'呢?"苏东水没有立即表态。然而日本学者提出的问题对他产生了很大的触动。他想:我是中国人,中国人应该有自己的管理学,为什么我们不能自己来走东方管理学派的创建与发展之路呢?也就是从那个时候起,苏东水由之前坚信中国也有自己的管理思想和管理实践,转向更有意识地去创建一个学派。创建东方管理学派,传播东方管理思想,成了苏东水的毕生追求。

1990年,苏东水以中国国民经济管理学会会长身份率领中国代表团出席在日本东京举行的第一届东亚管理大会,并在这届大会上当选为东亚管理学会副会长。在这次大会上,他发表了"关于中国古代行为学派研究"的演讲,再次引起了日本学者的共鸣。

1992年9月7日至10日,苏东水应邀参加了在日本东京举行的首届世界管理协会联盟(IFSAM)世界管理大会,并在这次大会上当选为IFSAM理事。这次会议的主题是"高科技与管理"。苏东水在大会上做了"中国工业现代化进程中的环境问题"的演讲,赢得了热烈的掌声。这次会议期间,中、俄、韩、日四国发起组织了东亚经营管理学会。大会还组织与会人员进行了技术参观访问,分别参观了东芝、NEC、日立、丰田、本田、日产、三洋、富士通、花王等日本著名的跨国公司及一些中小企业。那个时候,苏东水的名字已经在海外学界传播甚广。日本经营士会、庆应大学和鹿儿岛经济大学等都曾邀请过苏东水赴日讲学。所以在这次学术会议之后,苏东水还应邀到日中经济协会和日本大学商学院做了学术报告。在学术报告中,他不仅旁征博引地介绍了中国企业管理中的古为今用问题,还耐心解答了日本学者和大学生们提出的关于中国改革开放和经济建设的一些热点问题。在这两场报告过程中,苏东水的博学与远见再次赢得了与会者的好评。

首届IFSAM世界管理大会主席野口佑教授对苏东水一行的到来十分热情友好,特意在他们到达的第一天在一家五星级酒店专门组织"野口同学会"为苏东水一行举行欢迎晚宴。据苏东水的一名1992级博士生回忆,那次欢迎晚宴非常隆重,当苏东水一行4人到达那家五星级饭店门口时,一群身穿正装的青年男女专门在门口列队欢迎,并将他们引入电梯。电梯到达顶楼并打开后,首先映入眼帘的是笑容可掬的野口佑和从电梯门口一直排列到餐厅的两列衣着整齐的青年男女。野口佑与苏东水热情握手,互致问候,之后野口佑便引领着苏东水一行从夹道欢迎的队列中走向餐厅。在他们往前行进的过程中,两列的人一边点头鞠躬,一边打着招呼,那阵势真是相当隆重。后来他们才知道,这家酒店的总经理是野口佑的学生,夹道欢迎的和参加宴会的也都是他的学生。他们还有一个组织,叫"野口同学会"。这位博士生说,他非常羡慕野口佑教书育人的成就,感受到他桃李满天下的自豪感,当时就萌生了成立"东水同学会",以向恩师致敬并传承和发扬其学术思想的想法。几年后,在这位弟子的具体推动下,"东水同学会"正式成立。

宾主落座以后,野口佑作了简短的致辞,大意是随着日本经济在战后的迅速崛起,日本的管理学研究在世界上占有了一席之地,并明确表达了加强与苏东水合作研究东方管理的愿望。苏东水听后,不由得心潮澎湃。他想:中国在改革开放以后,经济也在迅速发展,中国的经济管理理论应该在国家经济发展的同时得到迅速发展。他向野口佑介绍了自己这些年研究中国特色经济和管理学说的情况,还介绍自己正在领衔编撰一套《中国管理通鉴》。野口佑听后连声说,很期待早日见到他的最新研究成果。

19. 创学

改革开放以后,随着中国经济的快速崛起,美日及东南亚一些国家的学者和企业家开始对中国传统管理思想及实践表现出浓厚的兴趣,而散居在世界各地的华人华侨也非常希望了解中国的传统管理文化。对此,自70年代末就开始研究中国传统管理思想古为今用的苏东水看得非常真切。自1986年7月1日他在《文汇报》发表《试论现代管理学中的古为今用》以后,不少人建议他编撰中国古代管理的"通鉴"。受此启发,苏东水决定领衔编写"一部系统全面、能够涵盖中国历史上各时期管理思想与管理实践精华的大型研究性工具书"。

目标确定以后,苏东水便立即付诸行动。经过一番认真筹备,他于1992年初正式牵头启动了《中国管理通鉴》的编撰工作。他为这项工作制定了"全面系统、尊重历史、科学论述、语言典雅"的方针和"力求贯彻科学性、知识性、理论性、实用性、可读性"的原则。然而中国的古籍文献浩如烟海,要想从中把有价值的管理思想和管理实践整理出来实在是太困难了!好在这个时候,苏东水的博士研究生队伍不断壮大。他决定把这项浩大的工程分成"人物""要著""名言""技巧"四个部分,让他的五名已毕业或正在读的博士研究生分别担任四个部分的负责人。老师的信任和放手给了五名博士研究生巨大的动力。他们在苏东水的总体协调和全国七十多名有关专家、学者和研究生们的支持、帮助下,以饱满的热情投入到这项浩大的工程之中。不知道熬过多少个通宵,也记不清查阅过多少古籍、资料,开过多少次研讨会、协调会。三年后,以苏东水为总主编,以苏勇、王龙宝、袁闯、芮明杰和陈荣辉分别为"人物""要著""名言""技巧"四个分卷主编的《中国管理通鉴》终于完稿,此后又经过反复修改、校订,于1996年3月由浙江人民出版社正式出版。

《中国管理通鉴》总字数二百八十余万字。这套鸿篇巨制对中国传统管理的理论、实践效应等进行了全方位的探索和研究,理顺了管理程序间错综复杂的关系、术语和体系,在工作条件非常艰苦、资料积累非常有限的条件下,为中国管理历史研究走出了重要的一步,不仅为进一步深入研究中国传统管理思想奠定了坚实的基础,为创建东方管理的古为今用打下了坚实的基础,也为中国传统管理思想研究提供了一个成功的范例。后来,这套著作荣获了教育部第二届人文科学研究成果奖、1996—1997年上海市哲学社会科学优秀成果一等奖、上海汽车工业教育基金一等奖、上海汽车工业教育基金十年重大成果奖等多个大奖。

在编撰《中国管理通鉴》的过程中,苏东水开始对建立有中国特色的管理体系进行系统的思考和研究,并通过组织或参加相关学术会议将自己的最新研究成果发布出来。

1992年,苏东水在《管理心理学》再版序言中把中外历史传统中论述的管理的本质概括为"人为为人"。他指出,"人为"就是每个人首先注重自己的行为修养,然后从"为人"的角度出发,来从事、控制和调整自己的行为,创造一种良好的人际关系和激励机制,使人能够持久地处于激发状态下工作,从而充分发挥主观能动性。他认为"人为"与"为人"两者具有辩证关系,它们既相互关联,也可以相互转化。这是苏东水在长期研究古今中外经济管理文献基础上首次独创性提出的管理的本质,"人为为人"成为他构建东方管理理论体系的基石。苏东水后来在此基础上专门写了篇论文提交给1994年在美国达拉斯召开的第二届IFSAM世界管理大会,并在大会上宣读,引起了与会各国专家的热烈反响。

同样是1992年,苏东水撰写的论文《弘扬东方管理文化,建立中国管理体系》在《复旦学报》1992年第3期上发表。在这篇论文里,他对中国管理的传统意义和西方管理理论对于中国管理的影响进行了系统的论述,在此基础上提出了建立有中国特色管理学体系的主张。他特别强调,人的积极性是经济起飞的原动力,围绕"人为为人"这一行为学的中心思想来构建中国式管理体系是有重要意义的,有助于我们从研究人本身出发,来思考现代管理所面临的各种问题。

　　1993年12月27日至30日,在苏东水的推动与协调下,中国国民经济管理学会主办的"国民经济发展与展望国际研讨会"在复旦大学举行。这次大会吸引了来自世界各地三十多所高校的一百二十余名专家学者参加。时任IFSAM主席的野口佑教授专程前来上海向大会及苏东水个人表示祝贺。苏东水在这次研讨会上做了题为"中国管理哲学若干问题探讨"的发言,再次强调中国历史传统论述的管理哲学本质是"人为为人",认为"人为为人"是对中国"人为学"的本质概括,对建立中国式管理体系具有重要意义。他的发言引起了与会代表的热烈反响,也给野口佑留下了深刻的印象。野口佑在苏东水专为他举行的答谢晚宴上由衷地对苏东水说:"您对中国式管理本质的概括非常有哲理!"

20. 交锋

  1992年,苏东水启动《中国管理通鉴》编撰工作时已经62周岁。这一年,他因为改革开放后在管理教育事业中所做的突出贡献而被国务院表彰为"发展中国高等教育事业有突出贡献专家"。前一年,也就是1991年,他自20世纪80年代初就担任所长的复旦大学经济管理研究所在全国重点高校174个社会科学研究机构评估中获经济类、综合类科研机构和人均培养研究生的3个第1名。次年,也就是1993年,他又被英国剑桥大学国际名人传记中心评为"世界有突出贡献的名人"。按说到了这个程度,他完全可以归隐故土,在他那幢6层楼的泉州老宅里含饴弄孙,种花养草,或者吹吹海风,晒晒太阳,好好放松一下紧绷了几十年的人生之弦。可是,他是个闲不住的人,他立志要开创的东方管理学宏图大业才刚刚起步,而且就在1992年他又被聘请为国务院学位委员会经济学学科评议组成员,还有那么多的事情值得他去努力拼搏,他怎么可能就此停步呢?

  自1994年起,苏东水多次在有关管理的国际学术会议上顺应时代发展趋势,开始为东方管理学派的建立摇旗呐喊,并潜心为东方管理学说创造性地构建理论框架。

1994年8月17日至20日,作为中国国民经济管理学会会长的苏东水应邀组团参加第二届IFSAM世界管理大会。这次大会的举办地点在美国达拉斯。代表团一行13人,苏东水为团长,中国国民经济研究所所长孙钱章教授和北京科技大学管理学院副院长陈志诚教授为副团长,团员多为大陆知名的经济与管理学家,主要来自清华大学、辽宁大学、中国企业管理协会、国家自然科学基金会、鞍山钢铁公司经济研究所等单位。

苏东水在这次大会上作了题为"弘扬东方管理文化,建立中国特色管理体系"的主题报告。他的精彩发言多次赢得与会各国管理学者的热烈掌声,在讨论环节还有不少参会者同他互动讨论,对他结合中国传统管理文化、开创有中国特色管理理论体系的远大目标表示高度肯定。不过,也有个别发达国家的管理学者对苏东水的报告持不同意见。这些学者认为,管理学是在发达国家工业化、现代化的过程中创建和发展起来的,已经非常成熟和完善了,在经济总量和经济发展水平都远远落后于发达国家的中国不可能产生能够超越发达国家的管理理论。他们还说,管理学是一门科学,哪里还有什么东方和西方的区别?有个西方的管理学家干脆直接对苏东水说:"中国根本就没有管理、没有企业家、没有自己的管理学教材!"面对国际同行的质疑,苏东水的民族自尊心被深深地刺痛了。他快速整理自己的思路,不卑不亢地回应说,管理学的确是一门科学,但是中国有几千年的文明史,如果没有自己的管理思想不可能走到今天,任何管理理论和管理实践都不可能脱离它所处的文化背景,既然东方和西方的文化背景有很大的区别,那就应该有适应不同文化的管理思想和管理实践,这才符合科学本身的规律。他还指出,随着各国交流的加深,管理思想和管理文化也会不断地融合发展。他的回应虽然没有令个别傲慢的发达国家学者立即改变偏见,却使得原本就认同他观点的那些同行们对他更加钦佩。而少数学者的质疑反倒令苏东水更加坚定了创建有中国特色管理理论体系的决心。

苏东水在这一届IFSAM世界管理大会上的发言和表现引起了美国当地媒体的高度关注。8月20日的《世界日报》还专门以"中国大陆知名经济管理学者访团抵埠"为标题，报道了苏东水一行的活动情况。达拉斯当地企业也对苏东水一行的到来表示热烈欢迎。8月21日下午5时华纳技术有限公司特意在华埠怡东大酒楼举行中国经济发展展望报告会，邀请苏东水和代表团成员就中国大陆的经济状况、改革趋势、面临的问题及对策等等发表见解。苏东水一行愉快地接受了邀请，并在报告会上向美国的企业家们介绍了中国改革开放的最新情况，解答了当地企业家比较关心的中国国内各地投资环境和有关政策问题。

从8月22日开始，苏东水率领代表团前往纽约进行了为期一周的考察访问。这次参会及报告、考察等一系列活动令苏东水进一步了解了世界管理学理论前沿问题和美国经济与管理创新的最新进展，少数外国学者的质疑则令他进一步思考如何坚持和最终完成"有中国特色管理理论体系"的创建问题。

21. 提醒

    1996年初的时候,苏东水接到一个电话。"苏老师,您好! 我是日本中央大学斋藤优教授的硕士研究生,我叫×××,您还有印象吗?"电话里传来了礼貌的女声。"哦,小×,是你呀? 斋藤优教授好吗? 你也好吗?"记忆力惊人的苏东水立即想起了打电话的那位女生。"斋藤优教授很好,他还要我代他向您问好呢! 我硕士研究生毕业了,刚刚回到上海,您最近方便吗? 我想去拜访您一下!"这位女生试探着问。"行,行,你过来吧!"苏东水爽快地答应了。

    放下电话后,苏东水自言自语道:"小姑娘不错! 在东京那几天多亏她帮忙当向导和翻译!"原来,这位女生是日本著名经济学家、日本国际学会会长斋藤优教授的硕士研究生。1992年,苏东水参加首届IFSAM世界管理大会后,受斋藤优之邀参加了他主持的"亚洲科技发展学术研讨会"。在会上,苏东水就当代中国经济的深层次问题及发展趋势做了精彩的演讲,受到与会者的广泛关注。茶歇的时候,苏东水成了中心

人物,许多学者与他进行了热烈的讨论。苏东水在与斋藤优交流时,说到他在日本还要活动好几天,要是能找到一位既懂日语又懂英语的中文翻译就好了。斋藤优当即就把他那位来自上海的女硕士生推荐给了苏东水。当得知自己要为大名鼎鼎的苏东水教授充当临时翻译时,那位女生非常高兴。因为早在上海财大工业经济系读书时,她使用的教材之一就是苏东水主编的《国民经济管理学》,她早已对这位经济管理大师崇敬有加,如今能近距离为他做些力所能及的工作,她感觉非常荣幸。苏东水见到这位女生时,也非常高兴,还称赞她说:"你很优秀,既懂日语,又懂英语,还远离家乡来日本攻读硕士学位!"就这样,这一老一少在异国他乡愉快地相识了。接下来的个把星期里,这位女生陪同苏东水密集地参加了多个学术会议、讲学和参观考察活动,为苏东水的这次日本之行提供了相应的便利。

据这位女生后来回忆说,那次苏东水给她留下了非常难忘的印象,感觉他虽然身体消瘦,但精神状态非常好,他的博学多识和儒雅随和令她当时就萌生了报考他博士研究生的想法,只是因为对自己能否做得好学问没有把握,所以没有当即说出来。她还透露,苏东水在与外国同行进行交流时既温文尔雅又不卑不亢。因为斋藤优主持的那个研讨会有各国领事馆的人员,其中也有中国台湾派过去的驻日本办事处代表钟先生和台湾驻日本科技研究所所长许先生。苏东水见到他们时,感觉很亲热,用闽南话与他们就技术和管理问题相谈甚欢,那样子就像失散多年的兄弟重聚一般欢快。长辈们这样无拘无束的交流和沟通给她及台湾来的留学生们做出了良好的示范,两岸留学生也把政治屏障放在一边,热情交流起来,并建立了非常深厚的友谊,这段友谊在此后的二十多年时间里依然保持如故。

打过电话几天后,那位女生按照约定的时间敲开了苏东水位于华侨新村的家门。苏东水热情地请她进屋,并让阿姨帮她倒了热腾腾的铁观音。两人互致问候之后,那位女生便道明了来意:"苏老师,我想报考您的博士研究生。"苏东水"哦"了一声,便陷入了沉思,过了一会才慢慢地说了句:"博士学业很辛苦!""不要紧,我不怕吃苦!"那位女生干脆利落地说道。苏东水微微一笑,又说道:"那可不是一般的辛苦啊!有些女生怕吃苦,都不愿意考博士,你想明白了吗?""苏老师,我早就想明白了!您放心,我这些年在国外也没有少吃苦,已经习惯了!"那位女生再次表达了自己的决心。苏东水很高兴,说:"好,欢迎你来报考!既然你决心这么大,那就抓紧回去复习准备吧,时间比较紧张了,我这边报考的人又多,竞争蛮激烈的,你的基础好,祝你取得好成绩!"那位女生见苏东水欢迎她报考,就说:"您放心,我一定尽力,今年要是考不上,明年肯定会再考!"

从苏东水家里回去后,那位女生立即全身心投入到复习迎考之中。经过一番艰苦努力,她当年便以优异的成绩顺利考取了苏东水的博士研究生,成了他教的首个女博士。多少年之后,这位女博士回忆这段往事时感慨万千地说:"等入了师门,真正接触到博士研究课题,目睹苏老师从事研究工作的艰辛,我才明白苏老师当时反复提醒我读博士是件辛苦活的良苦用心!"

22. 交流

1996年7月,苏东水率团参加在法国巴黎举行的第三届IFSAM世界管理大会。在这次大会上,苏东水发表了题为"东方管理文化的探索"的主题报告,系统提出了《东方管理学》的"四治"体系和"三为"本质。"四治"就是治国、治生、治家、治身,而东方管理的本质是"以人为本、以德为先、人为为人"。他还从管理哲学的角度把东方管理概括为15个要素,这就是:道、变、人、威、实、和、器、法、信、筹、谋、术、效、勤、圆。他进一步用高度凝练的语言把这15个要素作了阐释:"道"就是治国之道,"变"就是随机应变,"人"就是要以人为本,"威"就是运用权威,"实"就是实事求是,"和"就是以和为贵,"器"就是重器利器,"法"就是依法治国,"信"就是诚实守信,"筹"就是运筹帷幄,"谋"是指预谋决策,"术"是指巧妙运术,"效"是指高效廉洁,"勤"是指勤俭致富,"圆"是指圆满合理。

与上次在美国的大会情况类似,他的发言得到了与会各国参会同行的热烈反响,也不乏个别外国学者用挑剔的语气问:"苏教授,您说来说去都是说你们中国古代如何管理,可是管理学是现代化大生产的产物,您的那套理论对现代经济管理有用吗?"面对质疑,苏东水比之前更加从容地回应道:"我深入研究过中国古代管理思想,也认真学习过你们发达国家的管理理论,对于管理学的学科前沿问题我并不陌生。事实上,很多在发达国家很先进也很实用的管理理论在中国却并不实用。为什么呢?因为东西方文化背景差别很大,而且东西方的国情也差别很大。我要做的工作并不是简单地把故纸堆里的东西翻出来,炒冷饭,而是在发掘东方管理文化的深厚底蕴和丰富内涵基础上,结合你们西方先进的管理思想,创建出更适应中国土壤的东方管理理论。"他还进一步指出,他之所以长期坚持东方管理理论研究,是因为他很早就认识到管理思想向东方回归的历史趋势。他认为,最有希望、最有创造性的管理理论往往产生于经济迅速起飞的国家和地区,随着中国改革开放伟大实践的深入推进,以及儒学文化圈和海外华商的迅速崛起,东方管理理论迎来了前所未有的机遇。

　　苏东水在这届 IFSAM 世界管理大会上的发言赢得了更多外国同行的刮目相看。虽然他还没有彻底说服那些质疑他的外国同行,但是他并不着急,他有信心用一系列扎实的研究成果来回应各种质疑。真正令他着急的是国内的管理学教育水平。他发现,在国内的很多高校已经形成了谈管理必谈西方的风气,大学通用的管理教材都是直接从西方翻译过来的,有的甚至以使用西方、特别是美国的原版教材为荣。之所以会出现这种现象,那时因为国人还没有领悟到东方管理智慧的精妙,更没有系统地将其发掘整理并形成独立的学说。反倒是日本对中华管理思想的挖掘还是比较深入的。而日本管理学界的研究成果表明中国是有管理的。日本的管理是从中国学过去的,美国有些管理又是从日本学过去的,所以说,中国不是没有管理,只是没有系统地加以整理过。他感觉自己迫切需要带领研究团队建立起东方管理学学科体系并加以推广,以改变"谈管理学唯西方马首是瞻"的现象。

　　为了让外国的管理学同行们了解中国管理学研究和社会主义市场经济发展的最新进展,同时,也让中国的管理学学者们了解外国管理学研究进展,促进中外管理学研究的交流与合作,他在这届大会理事会上提出了 1997 年在中国上海召开一次世界管理大会的建议。开始时,理事会中的一些外国理事以中国没有成熟的管理理论以及国际学术会议对软硬件的要求都比较高等托词予以拒绝。不过,苏东水并不气馁。

他力陈中国不仅拥有深厚的管理文化积淀,还在改革开放后经济社会各方面都取得了长足的进步,因此有底气,也有能力承办一届高水平的国际学术会议。经过一番坚持不懈的争取,他提出的申请终于得到了理事会的批准。

　　也是在这次世界管理大会上,一名女青年的学术报告给苏东水留下了深刻的印象。报告的主题是"中国无形资产管理",比较特别的是,她竟然把苏东水提出的"人为为人"思想巧妙地运用到无形资产的管理研究中。这份报告引起了与会者的高度好评,也从一个侧面证明了东方管理理论对于指导管理实践的巨大价值。那天,她刚一讲完,场下便热烈讨论起来,有些与会者还称赞她的报告解决了无形资产管理中的难点问题。那位女青年是深圳一家企业的副总经理,彼时还不是苏东水的学生。苏东水看到自己的理论被一个尚且不是他学生的企业高管运用得那么娴熟,心里非常高兴。陪同苏东水参会的两位弟子也同声称奇。这两位弟子一位是苏东水的博士后,另一位弟子是苏东水的博士生。他们两人了解到那位女青年一心想成为苏东水的博士研究生,却在前一年的博士入学考试中竞争失利,便一致建议她来年再考,还劝苏东水早日把她收下。苏东水因为亲见其学术功底,当时便欣然应允,并嘱咐她回国后好好复习迎考。后来她经过一番艰苦努力,终于在次年与另一名女生一起如愿考上了苏东水的博士研究生。多年后,这位女博士去探望苏东水,言谈中问他这些年一共培养了多少女博士时,苏东水特意带上老花镜,捧出学生的花名册,一一报出那些女弟子的名字,还说,一共有128位女学生,其中博士、博士后有25人,谈及这些时,苏东水言语之中无比自豪。苏东水还针对女性的特殊性,脱口说出女性从事学术研究的三种境界:"衣带渐宽终不悔,为伊消得人憔悴",此乃第一种境界;"生当作人杰,死亦为鬼雄",此为第二种境界;"回首向来萧瑟处,归去,也无风雨,也无晴",此为第三种境界。这位女博士当即表示自己愿意伴随东方管理的研究和传播进入人生中的第三种境界。苏东水听后非常高兴,连说:"尽力就好!尽力就好!"

　　7月的巴黎商学院,繁花似锦,空气中弥漫着醉人的幽香。苏东水带领与会的中国代表在会议间隙饶有兴致地参观了校园,对校园内的建筑样式和精细管理赞不绝口。大会结束后,苏东水又在几位与会者的陪同下,沿着风光秀美的蔚蓝海岸和阿尔卑斯山,南下访问了波恩大学等欧洲的主要大学和商学院,认真了解欧洲人的办学思想和管理学教育。据那位女青年回忆说,苏东水在参观的过程中没有仅仅陶醉于美丽的风景之中,而是细心观察,并从经济、文化、社会的角度去思考东西方管理的异同及其产生的历史文化缘由。当苏东水看到法国人对其传统文化、历史遗迹和历史建筑所表现出的自豪与珍惜时,不禁自言自语道:"我们也有非常优秀的文化,我们也应该珍视自己的文化传统!"有意思的是,在苏东水参观卢浮宫的时候,还巧遇了正在巴黎讲学的著名数学家、时任复旦大学研究生院院长的李大潜院士。李大潜虽然是一名数学家,却有着非常深厚的文学功底,也非常支持苏东水从事东方管理研究。他问苏东水这次来巴黎参加世界管理大会有什么心得。苏东水表示,这次参会令他更加坚信中国经济一定会腾飞,也更加坚信东方管理思想一定会影响并惠及全世界!

23. 申会

　　参加完第三届IFSAM世界管理大会以后,苏东水立即投入到《中国国民经济管理学》第二版的修订工作中。虽然在之前的出版发行中,《国民经济管理学》已经得到社会各界的高度好评,但苏东水是个精益求精的人,那些年中国及世界经济环境发生了很大的变化,中国的社会主义市场经济也在深入发展,加上他带领研究团队在东方管理学的研究中已经产生了不少阶段性的研究成果,所以他决定以国家教委统编高等教材的计划为契机,对《国民经济管理学》进行一次全面修订。

　　苏东水很快就搭建了一个二十余人的编写小组,这些人全部是来自复旦大学等著名高校的教授、博导、博士生和博士后。为了能使这本书更好地帮助各级政府和企事业单位解决经济管理中存在的实际问题,苏东水直接把编写小组带至他的家乡福建,一边调研,一边讨论,一边编写,一边听取意见。炎炎夏日里,苏东水带领这支队伍不辞劳苦地穿行在厦门、泉州、龙岩等地的大街小巷和崇山峻岭中,在获得大量珍贵的一手资料基础上,精心组织专家讨论和写作,经常忙到深夜。苏东水还特别注重政府部门的操作需求,在部分章节形成阶段性成果以后就复印出来,请刚刚通过博士入学考试、尚未正式入学的一名弟子拿到他担任市长的龙岩市各政府部门进行实践操作,并反馈修改意见。此后,又请担任某副省级城市市长的弟子在其所在城市进行操作实践。经过如此精心的组织、写作、实践和修改,新的书稿最终定稿于1998年7月再次由山东人民出版社出版。后来,拿到这一版《中国国民经济管理学》的人都说,它不仅在理论上更加成熟了,而且在实践上也更加具有针对性和可操作性。

　　自1996年秋季开始,苏东水把主要精力投入到将于次年举行的世界管理大会中。能得到这个机会非常不容易。这是他与IFSAM主席团经过多次商谈,才最终说服主席团会议在多个申办国中确定中国作为"'97世界管理大会"的主办国。为了能把这次大会办好,苏东水想方设法克服一切困难。没有筹备会议的场所,他把自己的李达三楼907办公室拿出来作为筹委会办公室;没有人手,他把自己的几名在读博士生组织起来,由他们协助他去做具体的筹备工作;没有经费,他自掏腰包拿出7000元现金作为启动经费,要知道,在1996年,他每个月的工资也就千把块钱;没有传真机,他就从张文贤教授那里借了一台传真机与国内外学者保持联系……

工作条件上的困难还可以克服,然而校内对苏东水要承办国际会议的不同意见却令他身心俱疲。原来,对于苏东水提出的东方管理理论,不仅国际学术界有人质疑,就连国内,甚至本校、本学院也有不少同行持不同意见。他们既担心苏东水提出的东方管理理论不够成熟,又担心苏东水和他的团队没有能力办好一场大规模、高规格的国际学术会议。所以在苏东水按照学校规定的流程以经济管理研究所的名义层层向上提交主办国际学术会议的申请时,被一而再、再而三地退了回来。据苏东水的一名在复旦任教的在职博士生回忆,因6次申请被以各种理由退回后,苏东水情急之下与本校经济学院世界经济研究所协商,希望由其作为承办单位履行申请程序。然而新的申请到达学校以后,一位学校相关方面的负责人找到这位具体执行报送申请材料的博士生,并向他展示了一份反对申请承办'97世界管理大会的报告,说这件事已经涉及两个学院的意见不一致,矛盾冲突可能会影响到两个学院合并的重大部署,因此希望他们停止申报,以平息这件事可能引起的矛盾。那位博士生当时正年轻气盛,就与那位领导就承办世界管理大会究竟对复旦是利还是弊进行了激烈的争辩,并因此产生了不愉快。他回忆说,事后当他婉转地将学校的意见告诉苏东水时,苏东水沉默半晌后反倒安慰起他来:"不要急,我们再想想办法。遇到这种情况我也很难受,不过,和而不同、包容共生,这就是复旦的学术传统。大家对管理学有不同的理解很正常,这正说明我们还有很多的工作要去做啊!""可是,现在的问题是世界管理大会可能开不起来,我们之前的功夫要白费了!"那位博士生说。"比白费功夫更重要的是我们已经向IFSAM主席团承诺了! 我们必须兑现承诺,这个会一定要开,而且一定要如期召开!"苏东水以他的历练和毅力坚定地说。

据这位博士生回忆,第7次申报遭遇挫折后,苏东水为了兑现自己的承诺,在很短的时间内,连续与有关兄弟院校进行沟通,最终,上海外国语学院同意与复旦大学经济管理研究所合办"'97世界管理大会",并由上海外国语学院具体履行承办国际学术会议的相关申报手续。考虑到此前国内举办大规模国际学术会议很少有先例,手续到达教育部后也可能同样遭受质疑,苏东水又说服相关热心人士,并由他们与教育部有关方面进行了深入沟通。就这样,国内主办的批文总算解决了。

24. 关爱

　　苏东水及其弟子们刚刚缓了一口气,一个新的问题又来了。为了找到与即将召开的"'97世界管理大会"规模与档次相匹配的五星级大酒店,会务组成员差不多寻遍了整个上海市区。直到这个时候他们才发现,当时上海的所有酒店几乎都没有稍上档次并能容纳600人的会堂。正当师生们急得一筹莫展之时,他们在一次浦东的偶遇中得知浦东张杨路有一家刚刚开业的五星级酒店,这家酒店正好有一个能容纳600人的无梁现代化会场,酒店的名字叫新亚汤臣大酒店。

　　又一道难关被攻克,苏东水开心地对弟子们说:"走,吃饭去,今天中午咱们加两个菜!"于是,他在弟子们的簇拥下来到位于国顺路和政肃路路口的一家小饭店。那段时间,苏东水会隔三岔五地自掏腰包将筹办会议的弟子们带到这里吃工作餐。所以店老板对他们早已非常熟悉,也知道领头的老者是一位大名鼎鼎的经济、管理学家。苏东水一行刚进门就被老板请进了饭店里唯一的一间小包房。这间包房真的不大,勉强挤得下七八个人。不过,这对苏东水等人而言似乎根本不是问题,大家能与恩师安安静静地挤坐在一起都感觉特别温馨。那天,他们在平日里的常吃的番茄炒蛋、醋熘土豆丝、青椒炒肉片等家常菜的基础上添了个松鼠鳜鱼和蟹黄豆腐。"老何、老游、老任、老颜、老陆、老曹、小伍……"苏东水挨个叫着筹备组的弟子们,"这段时间你们为了批文和会场的事,都辛苦了! 今天多吃点,不够再添!"老师的关心令弟子们倍感温暖,其实,他们心里非常明白,最忙的其实是他们的导师苏东水。

　　"苏老师,我下午有一门政治课要考,一会儿我想提前过去。"午餐还没有结束,那位兼任某地级市市长的博士生便要提前离席。"哦? 几点考试?"苏东水问。"下午1:30。"那位博士生答道。苏东水看了看表说:"时间还早着呢。"那位博士生挠了挠头说:"是这样的,我今年因为工作和家里面的事情,耽误了一些课程,我怕准备不足,考不好。"苏东水看了看他,和蔼地笑了笑说:"你平时功底不错,考试的时候只要认真应答,应该没有问题,再坐一会,我陪你一起过去。"那位博士生见自己的导师不仅没有责备他,还反过来安慰他,内心的紧张感稍稍缓解了一些。苏东水很快吃完饭,向其他弟子简要交代了下一步的工作,便起身离席,与那位要考试的弟子边走边聊,一直到达作为考场的阶梯教室门口。据那名弟子后来说,导师鼓励并亲自陪他去考试的情景让他想起少年时父亲送他进入学校考场的画面……

类似的故事不胜枚举。另一位苏东水早期的博士生在回顾自己报考苏东水博士生的情形时,也十分感慨。这位博士生是1993年萌生报考苏东水博士生之念的,动因是他虽然从本科到硕士都是学物理的,却对经济学与管理学非常感兴趣,并经常阅读这方面的著作。尤其是在他拜读了苏东水主编的《中国国民经济管理学》与《管理心理学》等著作后,对苏东水的学识和人品都非常钦佩,对苏东水创立的东方管理学也特别感兴趣。他在报考之前曾鼓起勇气写了一封信给苏东水,表达了自己对苏东水及其学问的钦佩之情,并说自己非常想报考他的博士研究。令他非常意外的是,他很快收到了苏东水委托一名在读博士生代写的回信,大意是鼓励他报考,并将需要的专业书籍告诉他。那么著名的大师惦记着给一个普通的硕士研究生回信,这使得他深受鼓舞,坚定了报考苏东水博士研究生的信心。

1995年5月,这位硕士生为参加即将举行的博士生入学考试来到复旦大学。考试之前,他想见一见心目中的大师。经过一番联系,他才知道那几天苏东水正在复旦大学的燕园宾馆出席学术会议,苏东水告诉他自己可以在会议的间隙跟他见一次面。当他如约见到苏东水时,发现自己与眼前的那位老人就像已经相识了很多年一样。苏东水和蔼可亲地详细询问了他考试准备的情况,热情地鼓励他好好发挥。苏东水的鼓励给了他非常巨大的动力,因而他在后面几天的考试中发挥得非常好并以优异的成绩顺利考上了苏东水的博士研究生。

25. 筹会

1997年春节一过,"'97世界管理大会"的会期便一天天临近了。苏东水来不及庆贺由他与桥木乔、芮明杰、原口俊道共同主编、复旦大学出版社于当年2月出版的《中国三资企业研究》的正式推出,便迫不及待地带领弟子们再次投入到紧张的会务工作中了。他经常向弟子们表示,好容易获得教育部审批并找到了满意的会场,他必须全力确保这次大会万无一失。

不久之后,经过多日连续奋战,一千多份会议邀请函终于经过打印、填写、装信封、粘信封、写信封等一系列枯燥、乏味的程序最终装进来了两只麻袋。苏东水望着鼓囊囊的两只大麻袋,喃喃道:"终于又完成了一件大事! 可是,翔鹰路邮局离复旦少说也有3里路,你们准备怎么把这大两包东西搬到邮电局呢?""我们借到了一辆三轮车。"一位弟子应道。"你们还真有办法!"苏东水称赞道。他看了看表,又说:"快到凌晨一点了,今天我们就早点结束吧! 你们明天去邮局寄信时要当心。"一位弟子关切地说:"不要紧,我们年轻,倒是苏老师您天天跟我们一起熬夜,不要累坏了!"苏东水轻松地笑了笑说:"你们知道吗? 按照联合国世界卫生组织制定的十条健康标准,我全部符合! 我小的时候家庭条件还可以,我母亲给我们吃得好,所以身体底子厚。"弟子们一听都说:"底子再厚,也经不住现在每天这么熬啊! 再说,您今年都67岁了,不比我们年轻人!"苏东水没再接话,他再次轻松地笑了笑,快速整理好自己的公文包,又与弟子们一起快步下楼,拦了辆出租车坐了进去。待他从上海的东北角回到位于西南角的华侨新村时已经深夜两点了。孩子们都睡着了,他的夫人还在泉州老家忙活,没有过来。他感觉有点饿,便习惯性地又为自己冲了杯浓浓的白糖水……

寄到世界各地的邀请函很快有了回复。李达三楼907室内的传真机一天到晚不停地响着,参会人员寄过来的回执也像雪片一样飞了过来。接下来的事情还有很多:制定会议议程、审核参会论文、准备自己的大会发言稿、联系各方面专家和领导、印刷会议资料……为避免出现失误,苏东水对所有的流程和细节都亲自过问,最终把关。

到了五六月份的时候,苏东水比之前更加忙碌,也更加紧张。有一段时间他和弟子们几乎每天都要工作到深夜两三点钟,饿了就与弟子们一起吃些饼干、糖果,渴了就猛喝白糖水或蜂蜜水。弟子们怕他累坏了,便找来一张藤椅放在办公室里。苏东水实在撑不住的时候,便躺在藤椅上一边休息,一边指挥弟子们做会议筹备工作。即便这样,他还是累倒了。

那是六月的一天深夜,苏东水像往常一样,与弟子们在为"'97世界管理大会"紧张地忙碌着。他感觉有点疲惫,便把藤椅打开,弯腰躺了上去。然而刚一躺下,他就感觉两眼发黑,心慌得厉害。他把手放在左胸,但觉心脏"呼呼呼"跳得又急又乱,便随口嘀咕道:"我的心脏可能出问题了!"弟子们一听,赶忙放下手中的活计,呼啦一下围了上来,见导师面色苍白,双眼无光,个个吓得够呛。"快,得送苏老师去医院了!"有经验丰富的弟子提醒道……

一系列检查结果很快出来了,苏东水被确诊为心脏病和糖尿病。得知检查结果以后,苏东水一时难以相信,他问医生:"我的身体各项指标一向非常好,我为什么会患上这些病呢?"医生了解过他最近的作息和饮食习惯后告诉他说,心脏病是工作压力太大、作息没有规律、休息时间严重不足造成的,而糖尿病则归因于他摄入了太多的糖分。医生还明确要求苏东水今后尽量少吃糖或者干脆不吃糖,而且必须在医院里静养一段时间。医生道明的病因令苏东水口服心服。然而眼看大会会期迫近,他哪肯撒手不管?对医生开出的两个条件,他只能遵守今后尽量少吃糖的要求,对于在医院里静养一段时间,他是万万不肯接受的。就这样,仅仅休息几天以后,他就带着医生开的药,坚决回到了会务筹备的一线。也就是从那个时候起,心脏病和糖尿病这两种慢性病便在身体基础扎实、此前没有患过这两种病,也没有家族病史的苏东水身上牢牢地扎下了根。

26. 办会

　　1997年7月15日至18日,历经波折的"'97世界管理大会"终于在浦东地区唯一的一家五星级酒店——新亚汤臣大酒店胜利召开。来自33个国家和地区的350余位专家、学者及政府官员参加了这次盛会。时任复旦大学党委书记程天权和副校长施岳群也在百忙之中出席了这场盛会。苏东水慷慨激昂地做了题为"面向21世纪的东西方管理文化"的大会报告。他强调:"21世纪东方管理最核心的思想就是'人为为人',也就是要发挥人的积极性、创造性及为人服务的态度。"而无论是东方管理还是西方管理都将"集中一个'变'字,会像水一样变动发展乃至无穷"。他旁征博引,融汇东西,完整地阐述了"以人为本、以德为先、人为为人"的东方管理理念,令参会的中外嘉宾无不眼前一亮,会场里爆发出一阵又一阵的热烈掌声。

　　在大会讨论和交流环节,各国学者对苏东水的主题报告和这次世界管理大会在中国的成功召开纷纷给予极高的评价。

　　首届IFSAM主席、日本大学教授野口佑指出,中国将会在世界管理史上留下光辉的一页,不仅因为中国的经济突飞猛进,更因为中国有儒、法、道等丰富的管理文化渊源,还因为有像苏东水教授这样杰出的管理理论家和管理教育家孜孜不倦地传播着中国的传统管理文化。鉴于中国具有悠久的文明历史及一大批优秀的管理学者,野

口佑还高度赞同在中国成立以苏东水为首的IFSAM中国委员会。

第四届IFSAM主席、西班牙教授埃切瓦里亚（Santiago Garcia Echevarria）指出，"'97世界管理大会"不仅规模大，而且组织得好，内容丰富，充分显示了中国管理的效率和水平。他还说，由于中国在管理学研究方面的杰出成绩和庞大的管理学者阵容，他同意作为特例在中国成立IFSAM中国委员会，以更加有利于IFSAM与中国同行的接触和交流。由于1998年IFSAM年会将在西班牙召开，他还热忱地邀请中国同行参加这次盛会。

　　加拿大管理科学学会主席苏克莱教授指出,在中国召开世界管理大会,不仅说明中国的管理文化源远流长,也说明中国的经济发展受到世界的重视,中国经济的迅速发展再一次验证了中国文化的魅力,同时也向世人展示了中国管理科学发展的新前景。

　　日本千叶大学的村山元英教授指出,在世纪之交的上海召开世界管理大会,使世界的管理学者有机会认识中国和中国的管理文化、管理实践。这不仅有利于全球对中国管理文化的认识和学习,而且有利于东西方管理思想的交流。他希望自己不仅能在日本研究中国管理文化,还可以参加中国的有关学术团体,如中国国民经济管理学会,从而有机会与中国学者一起研究和推广中国的管理思想和管理方法。

　　美国的宾州州立大学哈里斯堡分校(Penn State Harrisburg)的德克斯特(Carolyn R. Dexter)教授也对在上海召开的高水平的世界管理大会非常赞赏,并在IFSAM理事会议上对苏东水表达了高度的敬意。

　　夏威夷大学的成中英教授指出,他参加的国际会议很多,但像复旦大学主办得这么成功的国际会议不多。

　　此外,时任全美华人工商总会主席的马文武先生在给苏东水的贺信中说:"你们对中华民族及祖国促进经济管理技术的提升和维护国际华人在管理学领域位于前端,此贡献将永远存在,历史上使后人对你们有崇高的敬意。"

　　大会结束以后,美国、智利等国的代表在苏东水、蒋学模等专家、学者的陪同下参观了复旦大学,会见了程天权书记,外宾们对程天权说,复旦大学把一次国际学术会议办得这么成功,真是非常了不起!

在"'97世界管理大会"召开期间,IFSAM理事会还在当任的第4届世界管理大会主席埃切瓦里亚教授的主持下,通过了成立世界管理协会联盟中国委员会的决议,并推选苏东水担任委员会主席,中国委员会由18家著名大学的教授组成,并规定邀请历届世界管理协会联盟大会主席作为中国委员会的高级顾问。从此以后,东方管理、中国管理与国际管理学界有了接触和联系的纽带。在苏东水的领导下,IFSAM中国委员会还坚持组办"世界管理论坛暨东方管理论坛",每年一届,一直坚持了二十多届。

首次在中国本土举行的世界管理大会在众多复旦人的不懈努力下,令各方眼睛一亮,取得了圆满成功。《人民日报》《中国日报》《中央电视台》《大公报》等五十余家新闻媒体对大会进行了报道。权威媒体直接以"东方管理文化在世界叫响"为题,对本次大会进行了深度报道。当年8月3日的《新闻报》则刊载了对苏东水的专访并在显著位置介绍了他充满激情的几句话:"中国不是没有管理学,而是没有认真研究过。在有生之年,我要尽力确立东方管理学派在世界管理学界的地位。"

苏东水自己对这次历尽艰辛终于圆满召开的世界管理大会也非常满意。他认为,这次大会的胜利召开为新兴的东方管理学派大发展奠定了坚实的基础。至于与会学者对这次会议主题非常感兴趣,他认为有两个原因。第一个原因是中国传统文化在国际上的传播已得到共识。他进一步指出,我们常说"洋为中用",其实在历史上"中为洋用"的事例同样很多。西方管理文化本身就包含了一部分东方管理文化的精华。比如，东方管理文化中的"以和为贵"强调团队团结精神，西方管理文化也认为一个企业要发展必须依靠协作，马克思也把协作作为发展生产力的要素之一。再比如，荀子的"性恶论"与企业管理行为的本质是一致的，即人本来不爱劳动，通过教育和制度约束可以转化为勤奋。他认为，与会学者对这次大会主题感兴趣的第二个原因是东方管理文化涉及两千多年的思想理论和实践经验。他说，近年来经济迅速起飞的国家和地区包括中国和亚洲四小龙多数受到中国传统文化的深刻影响，再加上华商在世界各地的惊人成功，这些都吸引了西方人士的探究目光。所以继日本之后，在西方国家，中国的孙子兵法和儒家典籍也开始掀起一股研究热潮。

在"'97世界管理大会"召开几个月之后，苏东水回顾起这次大会召开前后的不平凡经历依然感慨万千。他在当年12月编辑的"世界管理论坛论文集"编者话中，心情复杂地写道："'97世界管理大会是盛世高朋之会，历经辛苦运筹，一言难尽，本为世事、为国为人办事，也非容易之举。幸得知心同仁们的力助，荣获国家经贸委、国家教委等领导同志支持，终于开成会议，深感五内。"不久之后，他在1998年元旦又慷慨激昂地填了首《满江红》：

> 岁首年终，浦江红，今夕不同。东华人，遍数佳绩，心潮涌动。侨乡十年业绩丰，世管大会聚蛟龙。霹雳处，五十家媒介赞庆功。遇险阻，协力冲。干劲足，效果隆。任凭风浪起，稳坐钓船中。管理通鉴获首魁，东方学派齐心攻。再奋斗，复兴建奇功，真英雄。

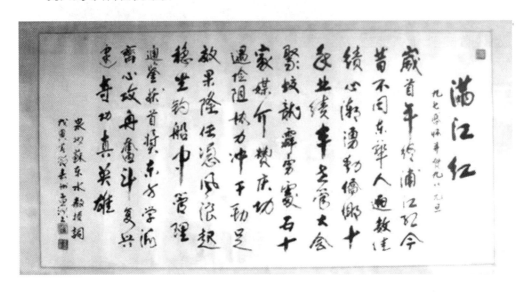

27. 学派

　　1998年7月4至6日,苏东水以IFSAM中国委员会主席的身份率团参加了于西班牙马德里举办的第四届IFSAM世界管理大会。在这届世界管理大会上,他不仅更加积极、更加自信地宣传东方管理文化,还在会议期间做出了两个重要的决定。

　　第一个重要决定是向IFSAM理事会申请承办2002年的第六届世界管理大会。年会不同于一般的会议,它两年召开一次,规格更高,参加的国家更多,因而有意承办的国家也更多,竞争也更加激烈。因为中国刚刚举办过"'97世界管理大会",所以  IFSAM理事会没有批准苏东水提出的申请,而是把承办这次年会的机会给了澳大利亚。不过,苏东水并不气馁。在之后举行的世界管理大会年会上,他又两次提出承办年会的申请,仍因为种种原因未能获得通过。直到2004年在瑞士哥德堡举行的第七届IFSAM世界管理大会上,苏东水又一次提交申请并经过与加拿大和南非代表团的激烈竞争,IFSAM理事会才一致同意将2008年的第九届IFSAM世界管理大会交给中国承办。

　　另一个重要的决定是在1998年下半年召开一次东方管理学派成立大会。这个决定是苏东水在马德里学生公寓里的一次有趣晚餐上做出的。原来,苏东水等人为节省参会费用，通过一个陪同参会的弟子联系到一处学生公寓作为参会期间住宿及餐饮之地。有一天，会议结束后，一同参加会议的女弟子提议去当地菜场买点小菜，利用学生公寓里的厨房做一顿中国菜，大家一起聚个餐，庆贺一下苏老师提出的东方管理理论在国际学术界影响越来越大。她的提议得到了大家的热烈响应。同行的苏东水夫人和厦门大学企业管理系主任廖泉文教授都是做菜高手，她们自买，自洗，自烧，很快做出一桌丰盛的菜肴来。

席间，大家谈古论今，轻松自在，而说得最多的还是东方管理的研究历程和发展前景。说到高兴处，廖泉文问："苏教授，您一直想成立一个东方管理学派，现在国际管理学界对您的东方管理理论这么关注，您准备什么时候正式举起'学派'的大旗呢？"她的话刚一落音，一起参会的那位女弟子就应道："师姑就是师姑！您对苏老师的东方管理事业这么关心！"廖泉文则慢条斯理地用带有浓重闽南口音的普通话回道："你没有说错！不然怎么能当你们的师姑？"

廖泉文是厦门大学教授，因为钦佩苏东水的人品及学术贡献，加之苏东水大学毕业于厦门大学，她曾于1991年5月慕名邀请苏东水赴厦门大学主持企业管理系硕士点建点后的第一次硕士学位论文答辩。她后来专门撰文回忆道，那天她去苏东水下榻的厦门大学专家楼迎接苏东水时，天正下着蒙蒙细雨，苏东水和她一起走在通往厦门大学经济楼的泥泞小道上，一点名人大家的架子都没有。此后十几年间，苏东水又不辞辛苦，先后几十次主持厦门大学企管系、经济系、财政系多达几十场的硕士、博士学位论文答辩，审阅了上百篇的硕士博士学位论文，为厦门大学经济学科、管理学科的博士点建设和一级学科博士点的获审通过付出了一定的心血。2001年10月，廖泉文为庆贺苏东水从事学术研究48周年，专门写下了三首诗。第一首内容为：

> 桃李满园花盛开，不辞劳苦育英才。
> 四十八载勤耕耘，为国为乡多关怀。
> 东方管理渊源远，宏文华章创擂台，
> 语惊四座赞古稀，德高世重福寿来。

第二首诗的内容为：

> 更深挑灯读华章，先生智慧心景仰。
> 四十八载国栋梁，著作等身水流长。

第三首诗的内容为：

> 东方管理赤子情,水击浪涌刺桐城,
> 华年再设新论坛,诞生桃李满园春。

廖泉文因为敬重苏东水并支持其东方管理研究大业,加之她自己性格豪爽大气,对苏东水的弟子们非常友善谦逊,因此也自然得到了苏东水众多弟子们的敬重,他们都尊称她为"师姑"。现在"师姑"问起"东方管理学派"的情况,与苏东水同行的几位弟子一下子来了兴致。一位弟子当场提议:"苏老师,不如今年秋天我们召开一次东方管理学派成立大会,您看如何?"苏东水和在场的众人眼前一亮,大家纷纷称赞:真是一个好主意! 苏东水抑制不住内心的兴奋之情说:"创建东方管理学派是我的一个理想,本打算东方管理研究成果再积累一段时间后才正式提出来。现在既然大家都这么热情,那就不等了,回国后我们就来筹备这件事!""对,不等了,立即行动!"大家七嘴八舌地议论道:"正式提出东方管理学派又不是'老王卖瓜,自卖自夸',而是一种兼具民族自豪感、责任感和忧患意识的伟大的使命!"大家越说越投机,越说越兴奋,那种豪气冲天的欢笑声在异国他乡的学生公寓里久久回荡。

回国后,苏东水和他的弟子们立即投入到"东方管理学派"创立大会的筹备工作。因为苏东水原本就准备召开"第一届世界管理论坛",现在正好可以把宣布"东方管理学派"正式成立作为这次论坛的一项议程。每逢大事,苏东水必躬身尽力,以求尽善尽美。这次要召开"第一届世界管理论坛暨东方管理学派创立学术研讨会",他当然不会有丝毫怠慢。在

大会召开之前,苏东水还亲自设计了"世界管理论坛"的徽标。徽标由内外两个圆及相关文字、图形共同构成,无底色,文字、图形及线条的颜色全部为黄色。苏东水解释道:徽标的外圆圈代表宇宙,徽标的内圆圈代表地球。圆形象征着完满,寓意世界管理论坛的成功召开。内圈里的"^"代表人,意味着管理要以人为本,其上面的小圆点,形似东方明珠,寓意着东方巨龙戏珠,隐含着人;"M"代表英文"Management",意为管理;以上两个图形组合在一起代表群山;"群山"下面三条水波浪线代表"大海";"群山"与"大海"组合在一起,象征着五大洲,同时隐含着中国先哲之名言:"间与天地之

间莫贵于人"。他还进一步解释道:中国传统文化认为"山主人,水主财","有山则贤人出,有水则财源足",还有"山不在高,有仙则名;水不在深,有龙则灵",等等,象征着世界管理论坛会议聚集了世界各地的风云人物。而内圈里整个图案下面的"人为为人"四个字为东方管理学派思想精华之所在,意为管理从管理主体人出发,复又回归到管理客体人,主客体之间是良性互动的。"人为"以激励人的积极性为出发点,"为人"以为人类、为社会、为事业发展服务为宗旨。

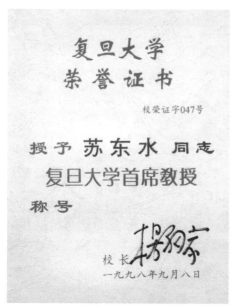

苏东水对"世界管理论坛"徽标的设计及解释可谓博古通今、融汇东西、胸怀四海、豪情万丈,其开创东方管理学派,为国家、为社会的忘我尽忠之情跃然纸上。事实上,也正是从1998年开始,他每年都坚持召开一次"世界管理论坛"年会,至今已召开24届年会。通过这些年会,他带领东方管理学派向世人展示了一批又一批东方管理研究的最新成果,并在与中外同道中人的交流互动中将东方管理研究引向更广、更深、更高的胜境。

1998年10月25日至31日,苏东水领衔的"第一届世界管理论坛暨东方管理学派成立学术研讨会"在上海教育会堂隆重举行,来自复旦大学、清华大学、中国社科院等

两百多名管理学界知名人士参加了东方管理学派的成立大会并成为学派的成员。苏东水在这次大会上作了题为"管理的国际化和本土化——东方管理的伟大复兴"的主题报告。在报告中,他阐述了管理学的历史性回归,分析了东方管理文化的成功典范——华商管理,最后对东方管理文化复兴的伟大意义和光明前景进行了高瞻远瞩的展望。在报告的最后,他激情满怀地吟诵道:

　　浦江东去,嵌珠塔,云聚风流人物;
　　华夏雄师,人道是,长啸千年沉寂。

28. 融合

　　召开完"东方管理学派"成立大会以后,苏东水并没有就此止步。为解决东方管理学派的组织依托问题,苏东水决定成立一个专门研究东方管理的研究中心。

　　经过一系列前期准备,复旦大学东方管理研究中心终于获得校方的批准,苏东水被任命为中心主任。1999年6月,复旦大学东方管理研究中心、复旦大学管理心理实验室成立仪式暨学术研讨会在复旦大学李达三楼一楼报告厅隆重举行。时任青岛市市长王家瑞、复旦大学副校长孙莱祥、复旦大学管理学院教授芮明杰等到会祝贺并发表了热情洋溢的讲话。王家瑞、孙莱祥和苏东水还共同为东方管理研究中心和管理心理实验室揭牌。自此以后,复旦大学东方管理研究中心乐观、顽强、有条不紊地运行下来,成为东方管理学派的标志性实践基地。

非但如此,东方管理研究中心就像一粒神奇的种子,在复旦大学以外的很多高校、企业、研究院所内发芽,生根,开花,结果。继复旦大学之后,上海交通大学、上海外国语大学、河海大学、上海工程技术大学、东方国际(集团)有限公司等高校和大型企业集团先后成立了二十多个东方管理研究中心、东方管理研究院等东方管理教学科研基地。特别值得一提的是,2020年6月27日,一批热心的苏门弟子发起的东方管理机构联盟与上海管理教育学会、IFSAM中国委员会一起正式入驻上海市宝山区智慧湾,分散在各地的东方管理研究中心和东方管理研究院等机构将在这个组织的协调下迈向更高的台阶,创造出更多、更有价值的成果。

多年以来,苏东水对于中国管理学教育唯西方管理理论马首是瞻的现象非常焦急。前面几十年的积累和铺垫,特别是东方管理学派和复旦大学东方管理研究中心的相继成立,使他感觉为中国学生编一部本土化管理学教材的时机已经成熟。于是,自1999年9月开始,苏东水组建了以1999级博士生和博士后为主要班底的《管理学》新教材编写队伍。编写的方式依旧是边教学,边讨论,边写作,边实践。苏东水对这种编书方式情有独钟,驾轻就熟。新入门的博士生、博士后们倒感觉非常新鲜。一开始,大家还不太明白他们的导师为何要编这么一本书,心想,当下《管理学》教材五花八门、种类繁多,光外国的原版教材就让人目不暇接,再编一部新教材会有人用吗?然而几次讨论下来,大家才理解导师的良苦用心:一般的《管理学》教材随处可见,真正契合中国文化背景的本土化教材却非常少见,苏东水要推出的《管理学》教材是"东方管理学派"视角的全新教材! 于是,大家都竭尽所能地按照自己对东方管理的理解,各自拿出了一份新提纲。在此基础上,苏东水又带领大家反复讨论,再三修改,最后亲自确定了这部新教材的提纲。这的确是一个全新的体系! 它由总论、原理、要素、过程、发展五个部分构成,跟之前的众多教材区别很大。提纲定下之后,苏东水让弟子们根据自己的兴趣挑选有意编写的章节,他自己则总体把握着写作的进度和质量,并随时帮弟子们解决写作过程中遇到的疑难问题。

《管理学》的编写工作尚在进行,苏东水又同时张罗着另一件大事——筹办第二届世界

管理论坛暨华商管理大会。苏东水出生于华侨家庭,从小生活在著名的侨乡泉州,成年后又结识了众多富有成就的华商朋友。他希望通过将华商管理这个世界经济发展进程中富有特色的管理实践引入国际学术会议进行研讨,从中总结出富有规律性的华商管理理论。因此,他将第二届世界管理论坛的主题确定为"21世纪的华商管理与发展"。

会议的筹备依然紧张而忙碌。会期越是临近,大家越是紧绷心弦。苏东水更是亲力亲为,与弟子们共同奋战,常常为了一个细节问题忙碌到深夜。大会开幕前的夜晚,苏东水和会务组的弟子们匆匆吃完简单的晚餐。就在大家强撑着疲惫的身躯稍事休息,准备为次日的大会再做些什么的时候,苏东水的一名早期弟子不紧不慢地站起来,对苏东水和大家说:"这段时间苏老师带领大家为筹备会议忙得够呛,我刚才想了一副有趣的对联,但还没有想到横批,大家帮我想想看,这样也可以放松一下。"听

说要对对联,大家纷纷表示赞成。于是,那名弟子便慢条斯理地说出了一副对联:"张师傅李师傅颜师傅,王先生孙先生游先生"。这是一副双关语对联,上、下联各嵌入了一位苏门弟子的大名谐音。不过,要想给它配一个比较贴切的横批还真不容易。就在大家绞尽脑汁、抓耳挠腮的时候,人群里一个洪亮的声音响了起来:"络进复旦! 又是一个双关语! 妙,真是太妙了!"房间里顿时爆发出热烈的欢呼声。说出横批的不是别人,正是苏东水的另一名早期弟子。大家品味着这副对联及那四个字的精妙横批,一时间兴致盎然,浑身的疲惫早已抛到九霄云外……

　　1999年11月27日至29日,第二届世界管理论坛暨华商管理大会在上海西郊宾馆隆重举行。时任青岛市市长王家瑞,全国政协常委、全国政协港澳台侨委员会副主任何添发,国务院侨办经济科技司司长徐又声,上海市人大常委会副主任厉无畏,复旦大学副校长徐明稚,世界华商协进总会执行主席廖俊侨,香港华侨华人总会会长古宣辉等领导和来自三十多个国家和地区的三百二十余名专家、学者、企业家出席了此次盛会。时任上海市市长徐匡迪还专门委托王家瑞转告他对各位代表的亲切问候。苏东水在大会开幕式上做了题为"弘扬东方管理文化,促进世界经济发展"的主题报告。在报告中,他激动地说,因为家庭出身的原因,他耳闻目睹了华人杰出企业家的成就,还说:"我一直希望与广大企业家及学者专家共同探讨华商的成功之道。今天这个愿望变成了现实,此时此刻我感慨万千。"紧接着苏东水对华人企业的管理特点、华人企

业家的成功素质进行了高度的概括和总结,赢得了全场代表的热烈掌声。这次大会还围绕东方管理文化、华商管理、企业管理、经济管理四个主题分组展开了热烈的讨论。中央电视台、上海电视台、《人民日报》《文汇报》《解放日报》《香港大公报》等三十多家新闻单位对这次大会进行了全方位的采访和报道。

第二届世界管理论坛暨世界华商管理大会的成功召开为参加《管理学》编写工作的博士、博士后们提供了难得的实践机会,打开了了解管理学前沿理论的窗口。这次大会之后,大家加紧了写作进程。次年春节过后,大家终于把分头撰写、风格迥异的书稿交至苏东水的手中。此后,苏东水又在几位弟子的协助下亲自统稿,反复修改,才最终定稿。2001年10月,当这部由东方出版中心出版的《管理学》呈现在众人面前的时候,大家着实眼睛一亮。这部著作不仅有机整合了古今中外主要管理理论、方法和技巧,还专辟章节研究东方管理的原理,探讨了东方管理的治国、治生、治家、人本的理论与现代价值,研究了华商管理的创新及国际意义,还对管理学的本质是"以人为本、以德为先、人为为人"进行了深入的阐述。这部新教材后来被多家高校采用,被视为"难得一见的融合古今中外管理学说的《管理学》范本"。

29. 宝书

新千年的钟声敲响以后，人类社会进入了一个新纪元，中国也从此驶入了发展的快车道。已经70岁的苏东水目睹中国改革开放后发生的翻天覆地变化，根本无法抑制内心的创作激情。这一年，他就像一个二十多岁的青年一样，走起路来呼呼带风，做起事来雷厉风行。这一年，他在国内组织召开两届"世界管理论坛暨东方管理论坛"，带团参加两次国际学术会议，还在不开会议的时候，带领弟子们潜心撰写《东方管理》，去各地讲学，帮企业策划，参加校内外博士、博士后入学和论文答辩，为家乡事业发展奔走出力……

2000年4月29日至5月2日，在安徽省人民政府驻沪办、黄山市人民政府、安徽大学徽学研究中心等安徽省有关单位的大力支持下，苏东水首次将"世界管理论坛暨东方管理论坛"开在了上海以外的地方。来自中国、日本、新加坡、马来西亚的75名专家学者、政府官员和企业家代表参加了这届以

"东方管理文化与当代经济发展"为主题的"第三届世界管理论坛暨东方管理论坛"。时任安徽省人民政府副省长蒋作君、上海市委组织部前部长叶尚志、时任安徽省人民政府驻上海办事处主任高洪、南京大学教授周三多、中山大学教授毛蕴诗、复旦大学教授芮明杰、时任安徽大学徽学研究中心主任卞利等领导及知名专家参加了这次大会。大会首日在黄山大酒店隆重举行,苏东水做了题为"东方管理学的特点与作用"的主题报告。在报告中,他将东方管理文化对社会经济管理的特点与作用归纳为十大方面,令与会的领导和企业家们眼界大开。与会人员还围绕"徽商管理文化""道家管理思想及其现代价值""东方管理精华与体系"以及"东方管理与经济全球化"等东方管理的前沿课题,展开了热烈的讨论。室内会议结束以后,与会代表实地考察了黄山市、合肥市、涡阳县等地区的经济发展情况及道家创始人老子的出生地涡阳老子庙。一路走来,风尘仆仆,大家毫无辛苦之感,却深深折服于深厚的徽文化底蕴和东方管理文化的伟大魅力。苏东水抑制不住内心的激动,在安徽省提出的"打黄山牌,做徽文章"的发展战略基础上,进一步提出了"仰老子故居,促两化(农业产业化、旅游国际化)实现"的战略构想,不仅赢得与会人员的齐声喝彩,也受到了当地领导的高度重视。

苏东水对这次规模不大、内容却异常丰富的大会非常满意,在返沪的途中以其非凡的概括能力将此次大会归纳出五个特点:一是政研结合,政府官员结合工作实践与

学者们一起探讨治国理论,深化了对中国传统治国理论的认识;二是企学结合,企业家与学者共同探讨中国传统的"治生"问题,对丰富企业管理理论具有重要意义;三是研讨与考察结合,与会代表实地考察了涡阳县的文化和经济发展,深刻感受到了东方管理文化在老子故里的当代运用;四是多种文化结合,大家不仅对中国传统文化进行了研究,还对现实版的区域文化和徽商文化进行了深入研究;五是经济与文化结合,与会人员就东方管理文化对当代经济发展的讨论打开了一个非常有意义的话题。

从安徽回沪不久,苏东水又在2000年7月5日至8日,以IFSAM中国委员会主席的身份组团、带队出席了在加拿大蒙特利尔举行的第五届IFSAM世界管理大会。此次大会的主题为"回顾"。苏东水在有关管理科学及中国管理的专题讨论中发表了题为"面向21世纪的东方管理"的演讲。他在总结20世纪管理学发展所取得的成就时,特别强调了中国管理学界在世界华商管理、东方管理文化的现代价值及东西方管理文化融合方面的研究成果和艰苦探索。他的演讲深深触动了在场的中外代表。大家对苏东水年已七旬仍异常活跃的思维和不卑不亢的学者风范深表敬意。

7月的蒙特利尔风光旖旎,天气宜人,五色的鲜花点缀着古朴的街巷,轻柔的海风抚摸着人们的笑脸……然而苏东水等人无心沉醉于此。在蒙特利尔短暂的行程中,他们把尽可能多的时间用于同来自世界五大洲三十多个国家的学者们交流自己对过去一百多年管理学光辉历程的感悟,用于同在加华人交流东方管理文化在新世纪的发展前景。

2000年10月10日至17日，苏东水再次率团参加在韩国汉阳大学举行的东亚经营学会第5次国际会议。这次会议的主题是"转型期东亚现代经营"。苏东水继续高举东方管理大旗，在大会上从管理哲学的高度发表了《新经济时代的东方管理》的精彩演讲。他特别以韩国管理文化的演进作为实例，对"人为为人"的管理哲学进行了深入浅出的分析，不仅令主办国韩国的专家学者们耳目一新，也令与会的其他中外代表深受启发。

2000年秋季开始，苏东水以2000级博士生和博士后为主要班底投入到《东方管理》一书的写作。这是苏东水开创东方管理学派以后的又一重要工作。多少年来，苏东水为东方管理文化号呼奔走，虽然赢得了不少肯定的掌声，却也一直存在质疑的声音。东方管理到底是什么？有没有完整科学的体系？具体内容如何？有多大的理论和实践价值？面对诸如此类的问题，苏东水感觉必须尽快拿出一本像样的著作才行。所以他以一种时不我待的紧迫感启动了这项意义非凡的特别工程。由于苏东水在国内最早创造性地提出东方管理概念，发达国家主导的管理学界也不太可能关心这一课题，因此苏东水和他的撰写团队除了深化苏东水自己提出的理论体系，很难借鉴到别人的现成研究成果，该书的写作也因此更加不易。好在苏东水早已成竹在胸，做起事来一丝不苟，他的弟子们也个个出色。经过一年多的艰苦努力，这部书的初稿终于大功告成。据一位协助过苏东水统稿的弟子回忆，在校对《东方管理》校样的时候，苏东水特意嘱咐他认真校对书中引用的每一句古文的出处，要经得起中文系研究古文的专家的审查。于是，他整整泡在复旦大学图书馆里一个星期，把每一处古文都对照多种古籍互相印证，在校样上留下了密密麻麻的修改红字，并从此养成了严谨的学风。

苏东水原本想把这本书写成一门新的学科，并命名为"东方管理学"。但是异常严谨的苏东水在书稿提交给出版社之前，感觉这部书作为一门学科好像还缺了点什么，便果断地把"学"字去掉。就这样，这部被国家自然科学基金管理科学部评为"优秀绩效项目"的成果在2003年1月由山西经济出版社正式出版时，仅冠以"东方管理"之名。不过，当人们翻开这部书时，却发现此书体系新颖，结构严谨，内容丰富，实乃不可多得的原创性管理学佳作，加之山西经济出版社将此书设计为大气的紫红色，封面的中上部位还有一条金色的盘龙，因此大家都亲切地将此书称为"红宝书"。很多弟子将此书随身携带，空闲的时候，翻上一翻，倍感踏实。据一位苏东水门下的博士生介绍，他因为时任某国有跨国建筑工程集团高管的原因，会经常奔走于世界各地，《东方管理》这部"红宝书"不仅伴随他度过了漫长的洲际飞行，还令他提高了管理学理论修养,坚定了自己的文化自信。后来,他把东方管理的基本原理与企业经营管理和对外经贸合作结合起来,不仅大大提高了工作效率,还成功破解了一个又一个复杂问题。现在,这位博士生早已顺利毕业并升任沪上某知名企业集团董事长,然而一提起这部"红宝书",他眼里的光芒便会骤然闪现,那满脸的成就感令人好不羡慕!

30. 感恩

又是一番紧张的筹备,第四届世界管理论坛暨东方管理论坛已经万事俱备。在此之前,筹备会议的弟子们建议苏东水将大会主题确定为"新理念,新国企,新规则",理由是1997年10月党的十五大和十五届一中全会提出国企改革"三年两个目标"(即用三年左右时间,使大多数国有大中型亏损企业摆脱困境,力争到20世纪末大多数国有大中型骨干企业初步建立现代企业制度)已基本实现,国有企业面临如何发展的新问题,如果能以东方管理理论为指导,探讨新时期国企发展的新路径将会非常有意义。苏东水感觉大家的建议非常在理,就欣然采纳了。

为了把这次大会开出更高的水平,苏东水决定邀请德高望重的著名经济学家、时任国务院发展研究中心名誉主任马洪到会进行现场指导。马洪接到邀请后,欣然应

允,并于大会召开前一天到达复旦东苑宾馆。苏东水与马洪相识已久,当初他领衔编撰《中国国民经济管理学》及创建中国国民经济管理学会时就得到过马洪的大力支持。巧合的是,那一年马洪恰好80周岁。重情重义的苏东水决定在会议召开前一晚为马洪过一个简朴而热闹的生日,以表达他对马洪的敬意和感谢之情。他把自己的部分弟子召集过来同马洪围坐在一起。马洪事先并不知道有过生日这一环节。不过,当他见到苏东水及他那批朝气蓬勃的弟子时,心情格外愉悦,还精神抖擞地作了一个题为"脚踏实地求真知"的简短致辞。他说:"把我六十多年治学体会集中起来,可以概括为一句话:脚踏实地求真知。即注重对具体情况进行调查研究,坚持科学、求实的态度,也就是实事求是。我认为,这是一条艰苦的道路,也是一条可靠的道路。"他还说:"对于一个领导者来说,没有调查还不只是没有发言权,更没有决策权;而对于一个学者来说,没有调查就没有真知识,更没有真学问。"马洪的致辞令在场的师生深为感动,弟子们心想,他们的导师苏东水又何尝不是脚踏实地的大学者呢?!大家在苏东水的带领下纷纷向马洪表达崇高的敬意。活动快结束的时候,室内的灯光突然灭了,苏东水的一名弟子从门外将放有大蛋糕的小车推了进来,蛋糕上的蜡烛已经点燃,屋内的人齐声唱起"祝你生日快乐……"歌声、掌声、祝福声令屋内的气氛异常温馨……

东水流长：纪念恩师苏东水先生

　　2000年12月23日至24日，第四届世界管理论坛暨东方管理论坛在复旦大学隆重举行。苏东水在这次大会上做了题为"东方管理文化在新世纪的使命"的主题报告。他在报告的最后强调："我们举办第四届世界管理论坛暨东方管理论坛，以'新理念、新国企、新规则'为主题，主要目的之一便是应用东方管理学派多年的研究成果，集思广益，探讨具有中国特色的国企改革之路。"出席本次大会的除马洪外，还有时任中共中央对外联络部常务副部长的王家瑞、江西省副省长朱英培、上海市人大常委会副主任厉无畏等。80高龄的马洪全程参加了大会，并在开幕式上做了精彩的演讲。他强调，党的十五大之后，国企改革"方向明了，道路宽了，只要我们坚定不移，奋勇向前，一个全新的国企形象必将鼎立于中国经济之巅"。马洪还对复旦大学东方管理研究中心的成果以及"走向世界"所做的努力给予了极大的肯定和鼓励。他特别指出："苏东水教授首创学派并创造性地提出的东方管理核心思想是将东方管理推向世界的意义深远的探索。"

　　这次大会取得了圆满成功。苏东水在会后总结说，这次大会有四个方面的重大收获：一是复旦大学东方管理研究中心所倡导的东方管理学研究已经在国内外引起了广泛的共鸣与认同，以马洪教授为代表的学术泰斗们非常关心东方管理学研究的进展情况，并非常支持将东方管理的研究进一步推向国外；二是政府部门已经认识到东方管理在改革开放中的重要作用；三是广大企业界也从改革开放初期的照搬西方

管理模式,认识到人本管理要比物本管理更有效,在中华大地上,只有把西方管理工具和东方管理思想相结合,才能达到卓越的管理绩效;四是利用东方管理"以人为本、以德为先、人为为人"的理念,结合西方量化管理工具,必然能使国有企业在新世纪重新焕发勃勃生机。

第四届世界管理论坛暨东方管理论坛结束之后,苏东水稍作休息,便与复旦大学世界经济研究所所长甘当善教授一同飞往贵阳讲学。这一次他面对的是民营企业家。据甘当善回忆,苏东水在讲学中结合我国民营企业的经营管理实际,深入浅出地讲解了他提出的东方管理理论,阐述了"新世纪管理学"的发展趋势,并提出我国民营企业改进经营管理的具体措施。他的讲解深入浅出,听课的民营企业家们纷纷表示,苏东水的演讲非常重要,非常及时,也非常实用。甘当善也感慨道:"苏教授坚持理论联系实际,坚持理论为实践服务的精神,值得我们学习和发扬。"

那次讲学之后,苏东水难得轻松地与甘当善一起逛了逛当地的花鸟市场。苏东水是福建人,甘当善是海南人,当他们看到遍布他们家乡的三角梅时,都十分喜爱,便各自买了一盆带回上海。三角梅原产南美巴西,在我国海南、福建、两广和云贵等亚热带地区都有种植,在上海却极为罕见。没想到,他们从贵阳带回上海的三角梅在各自家人的精心培育下,几经严冬考验,在2010年之后的秋末冬初居然长出新枝,绽放出一串串紫色的花朵。一阵微风吹过,那些紫色的花朵就像一群美丽的蝴蝶在阳台上翻飞起舞。其实,苏东水与甘当善这些知名教授们又何尝不是一株株生在南国、绽放在上海的三角梅呢?!

31. 助力

　　随着东方管理研究成果的不断推出,加上苏东水名望的快速增长,来找他希望报考其博士生或成为其博士后的人越来越多。苏东水对来访者总能热情相迎,耐心倾听,并千方百计给来访者提供力所能及的帮助。但是他自己的招生指标毕竟有限,所以很多优秀的报考者并不能如愿成为苏东水名下的博士生或博士后。每当遇到这种情况,苏东水便会说服报考者去报考其他教授的博士生,并像关心自己名下的弟子一样,继续关心这些学生。所以很多不在他名下的博士生、博士后们也会把自己当成"苏门弟子"。

苏先生、师母与部分弟子在一起

　　2001年春节期间,正在泉州老宅度年假的苏东水迎来了一老一少两位陌生的客人。泉州民风淳朴,来到家里就是客。苏东水热情地与客人打过招呼,便请二人就座。

年长的客人主动自我介绍,说自己也姓苏,大名苏德×,先祖也是苏颂。"原来是同宗兄弟!"苏东水热情地回应对方并询问客人的年龄、住址、家庭、职业等情况,方知对方比自己年纪要小,老家与自己是同一个村子的。年长的客人在县城里行医,也算见多识广,说起话来高声大语,滔滔不绝,并没有给眼前这位宗族大哥多少说话机会。不过,苏东水始终满脸坦然,笑容灿烂,耐心扮演着倾听者的角色。那位青年是年长客人的儿子,这次随同父亲拜访苏东水,本欲表达自己报考其博士生的愿望,眼见父亲言谈举止过于随意,既颇感尴尬,又暗暗敬佩苏东水的崇高修为。后来,经由苏东水推荐,这位青年经过一番艰苦努力终于如愿考中王家瑞教授的博士生。为感谢苏东水的引荐,他专门撰文记述初见苏东水的情形,字里行间充满了对恩师的满满敬意。

如果说上面那位青年与苏东水还沾点亲带点故的话,更多得到他帮助的学子却与他非亲非故,但是只要这些人找到他,他都会尽其所能地伸出援手。有位某边疆部队的排长因在军校攻读硕士学位时在书店里发现了苏东水的《东方管理》,翻看之后,爱不释手,便买下细读,越读越觉有道理,就辗转打听到苏东水的开课时间,成为一名外校的旁听生。前面已经介绍过,苏东水课堂上的旁听生很多,而他总能和颜相待,对于这位来自部队的旁听生自然也不例外。苏东水的大家风范令这位旁听生非常感动,便下定了报考其博士研究生的决心。苏东水对这位来自边陲、出身贫寒却异常勤奋好学的青年人也非常喜爱,就向他表达了欢迎之意。考试对于这位青年人来说似乎并不是多大难题。分数下来时,他以英语分数第一、总分名列前茅的优异成绩顺利进入复试并获得面试官的一致好评。然而当复旦大学研究生院将博士研究生录取通知书寄出后不久,却收到那位青年所在部队寄来的公函,明确要求复旦大学不要录取该青年。

经历了种种艰辛之后,在苏东水的尽力斡旋下,那位青年终于在半年之后成为一名复旦大学的全日制博士研究生。入学之后,苏东水念及他家庭贫困,还在经济上给过他不少支持。对于这次历经波折的深造机会,他非常珍惜,便比常人更加刻苦。真可谓攻苦食淡,磨砺刻厉。几年下来,他在苏东水的言传身教和自己的不懈努力下,感觉自己脱胎换骨,眼界大开。

多年以后,当那位青年向作者提及此事时,仍心潮起伏,几度哽咽。他说,他在边疆整整服役12年,对身上的绿军装有着非常深厚的感情,是苏东水老师的关心、爱护让他在学术道路上行稳致远。是啊,这就是苏东水,一个心存大善的著名学者!在他的内心深处,众生完全平等,他见到境遇比自己差的人也会非常尊重、非常平和,必要时还会施以援手,他以自己的大善,改变了很多人的人生轨迹,让更多的人感受到了人性的光芒。

32. 庆典

　　熟悉苏东水人的人都很清楚,他的努力有一个非常显著的特点,那就是认准一个大目标,会持续不断地往前冲,直到目标实现。自从他下决心开创东方管理学派以后,他的大部分精力都用在让这个学派为社会和经济发展做出更大的贡献上了。为此,他不辞劳苦,一批又一批地招收弟子,一本又一本地编著新书,一届又一届地主持或参加学术会议……

　　2001年10月26日至27日,苏东水再次主持召开世界管理论坛暨东方管理论坛。这已经是1998年以来他主持召开的第五届世界管理论坛暨东方管理论坛了。这次论坛的主题是"东方管理文化的创新与发展"。苏东水作了题为"人为为人——回归管理学的真谛"的主题报告。在报告的最后,他满怀信心地指出:"在新的世纪里,东方管理将以其独特的优势和博大精深的内涵,为深化和发展管理理论,丰富管理实践做出更大的贡献。"这次大会一如既往地高朋满座。时任的全国政协常委、港澳台侨委员会副主任何添发、中国社科院经济与技术研究所所长李京文、上海市委宣传部副部长郝铁川、上海市社科联党组书记施岳群、共青团上海市委书记陈靖、上海市航天局局长金壮龙、国务院地区发展研究中心副主任喻晓、复旦大学副校长郑祖康、首都经贸大学副校长郑海航等领导、专家和两百余名来自全国各地的代表参加此次大会并开展了深入、广泛的讨论。此次大会取得了丰富的成果,被认为是"东方管理文化创新与发展的历史性开篇"。

既然"第五届世界管理论坛暨东方管理论坛"被称为"历史性开篇",那么,按照苏东水的性格,"论坛"就必然会有续篇。事实上,自从他1998年主持召开了第一届"世界管理论坛暨东方管理论坛"后,早已形成了每年召开一次论坛的"惯例"(2000年一年内先后召开两次)。这些论坛的主题无不针对宏观经济和东方管理研究中的热点问题,不仅积累了大量具有重要理论和实用价值的研究成果,还将东方管理的研究推进到更高的水平。

2002年,苏东水72岁。虽说"人生七十古来稀",但苏东水丝毫没有停下来的意思。这年4月18日,上海交大东方管理研究中心在时任安泰管理学院常务副院长王方华教授的奔走下正式成立,苏东水被聘请为名誉主任,王方华兼任主任。上海交大对这个首次在复旦之外成立的研究中心非常重视,时任校党委书记王宗光教授和副校长盛焕烨教授亲自出席成立仪式。王宗光和苏东水还一起为东方管理研究中心揭牌。盛焕烨发表了热情洋溢的讲话。看到金灿灿的东方管理研究中心铜牌出现在上海交大的校园内,苏东水内心非常高兴。

2002年12月26日至27日，第六届世界管理论坛暨东方管理论坛在复旦大学召开，这次论坛以"东方管理与产业发展"为主题。在大会的前一天，时任上海市副市长周慕尧专门向本次大会致函，对东方管理给予较高的评价和热切的期望。他说："东方管理论坛是世界管理联盟组织的高级学术研讨会，旨在弘扬中国文化和民族精神，探求东方管理的精髓，这对东西方管理理论的结合与发展具有特别重要的意义。东方管理文化以中华传统文化为核心，汲取历史文化中儒家、道家、释家、兵家、法家等的科学管理思想与中国改革开放以来的巨大理论成就，并总结华商的管理实践，逐步形成了'以人为本、以德为先、人为为人'的东方管理理论体系。我希望东方管理论坛能够紧紧围绕党的十六大提出的宏伟目标，为市场经济下的企业发展不断贡献理论财富，为进一步推进上海的经济建设和社会发展发挥积极的作用。"这次会议开得非常成功，苏东水在大会上所做的主题报告还在次年2月10日以《伟大时代的新学说——东方管理学思想的兴起》为题在《人民日报》正式发表。

第六届东方管理论坛暨世界管理论坛　　中国·上海2002.12.26-27

2003年召开的第七届世界管理论坛暨东方管理论坛的主题是"论东方管理教育"。之所以以此为主题,是因为在这一年苏东水极力推动的东方管理学博士点和硕士点在复旦大学正式获批,苏东水、王家瑞和苏勇三位教授任该方向博士生导师。苏东水迫切感到,"东方管理科学要想进一步创新与发展,就必须在前期工作的基础上,从现在开始就加强东方管理思想的教育和传播工作,通过传道授业的途径,实现东方管理学派经世济民的理想"。这次论坛应时任上海交大管理学院院长王方华教授邀请,由上海交大安泰管理学院承办,这也是苏东水首次将"论坛"放在兄弟院校举办。

除了东方管理大业,还有一个令他魂牵梦绕的就是他的家乡了。这些年,他只要一有机会就想着帮家乡做点什么。他不仅亲自为家乡的事情奔走,还经常为家乡的一些小事打电话给自己的泉州籍弟子,嘱咐他们也尽量帮家乡做些力所能及的事情,那份心系家乡的古道热肠令弟子们非常感动。有位泉州籍博士后回忆说,自从他与同在苏老师名下的一名女博士喜结连理,苏老师和师母就经常询问他们在生活上有没有困难。待他们有了孩子,也会经常带孩子去看望两位老人。他们让孩子在两位老人面前背诵《三字经》《增广贤文》,两位老人非常开心,苏东水则连声说:"东方管理后继有人,后继有人!"

2004年6月,苏东水应邀参加泉州鲤城区政府举办的"中国市场经济新趋势与企业竞争力"的专题报告会。他因为当年首提"泉州模式",平日里热心家乡事业发展,所以很多记者都认识他。当记者在会议间隙问他，在他提出"泉州模式"多年以后，他对泉州的父老乡亲有什么新的建议时，苏东水沉吟片刻，告诉记者："泉州人有一股敢闯敢拼的血勇之气，就是靠这种血勇之气，泉州在改革开放以后抓住了历史的机遇，取得了较快的发展。但是光靠这股拼劲还不够，泉州企业家还应该'会拼'，要重视学习，把东西方管理精髓运用到企业里。"后来《东南早报》把这次采访的内容以《由"爱拼"到"会拼"》为题刊发出来。

转眼间到了2004年12月。眼看这一年就要结束，有细心的弟子掐指一算：自苏老师1953年大学毕业去东北从事调研工作算起，已有50余年，"该给苏老师搞一场庆祝活动了！"于是，大家齐声称好。恰好，12月26日的"第八届世界管理论坛暨东方管理论坛"即将召开，纪念活动就与这届大会合并举行吧！弟子们把举行庆祝活动的想法与苏东水一说，他并不十分赞成，因为他平生并不热衷为个人的事情大事铺张，他七十大寿时，就有弟子要为他庆生，已经被他婉言谢绝了，他只在极小的范围内邀请了几个亲朋好友，随便聚了聚。那次小聚，他的朋友兼好友黄家顺教授有感于他的累累成果和低调品格特意为他写了一首藏头诗："东岳巍巍彩云飞，水击波涛逐浪追；名不虚传花魁占，人为为人放光辉。"不过，这一次庆祝活动他并不好再拒绝了，因为弟子们说，从教50周年庆祝活动并不是仅仅为他个人举行的，更重要的目的是扩大宣传东方管理。听说宣传东方管理，苏东水眼睛一亮，也就点头默认了。不过，他再三叮嘱，庆祝活动一定要简朴，特别是要突出"东方管理"这个主题。

2004年12月26日，"第八届世界管理论坛暨东方管理论坛"与"苏东水教授执教50年欢聚会"在上海国际会议中心黄河厅隆重举行。苏东水发表"东方管理文化的发展与运用"的主题演讲。社会各界500多名嘉宾参加了此次盛会。会前，时任中共中央政治局委员、中共上海市委书记向苏东水教授表示祝贺，国务委员陈至立特意为欢聚会发来贺信。教育部发来的贺信则对苏东水给予极高的评价:"苏东水教授是享有盛名的管理学家、经济学家。他热爱高等教育事业,为我国管理科学的发展和高层次人才培养做出了重要贡献。他潜心钻研,成果丰硕,并积极将自己的研究与我国现代化建设的实际紧密结合,探索创立了独具特色的东方管理学派,为中国管理科学走向世界做出了重要贡献。"当会议主持人宣读完教育部的贺信以后,会场里发出了雷鸣般的掌声。

此后,时任复旦大学管理学院副院长芮明杰教授作了题为"苏东水教授50年教书育人学术成果"的报告,上海市科教党委、复旦大学、泉州市委、全国政协港澳台侨委员会、上海市委统战部等单位的领导以及苏东水的好友、弟子们分别致辞。黄河厅里的掌声一浪高过一浪。其中,苏东水的好友、著名数学家李大潜院士的致辞轻松、幽默、真诚,给大家留下了深刻的印象。他说:"苏东水教授给我印象非常深刻的一点是他创立了东方管理学派。这个事情我觉得非常了不起。因为中国是需要学派的,需要很多学派,但中国又的确很缺学派,大量的情况下是没有学派,有些可能实际上已经是学派了,但是自己不敢讲,别人也不愿意出来捧场,一定要等到某个外国人出来说某某已成了学派,大家才把他炒起来。"他还说,苏东水教授在争取设立博士点的时候,不像一些人那样剑拔弩张,志在必得,相反,他非常平和,总是笑嘻嘻的。时任中共中央对外联络部部长王家瑞则说,对苏老师执教50周年最好的庆祝莫过于把他开创的东方管理学思想加以丰富发展,与时俱进。

苏东水内心也非常激动,主管教育的最高部门和社会各界对他开创学派能给予

如此高的评价，他感觉自己几十年的努力没有白费，不过，自己还需要继续努力，东方管理的事业还需要更多人的共同努力。他谦虚地从座位上站起来，向鼓掌的领导、朋友和弟子们点头致谢，并致答谢辞。他语气铿锵地深切抒发了自己对家乡泉州与工作、生活了数十年的上海和复旦大学的拳拳之情。他说："我来自泉州，我爱我的家乡，一个人只有爱自己的家乡才能爱祖国，我也是抱着这种心意来上海和复旦工作的。"朴实的话语、深沉的情感令来宾们无不为苏东水高尚的品格和大师风范所折服，全场再次报以长时间的热烈掌声。

为庆祝苏东水执教50周年,国家邮政局专门发行了纪念封和个性化邮票一套。邮票选择苏东水在书房的照片和"人为为人"的书法这两种能够分别体现他学者风范和东方管理思想真谛的图像,配以象征富贵吉祥的牡丹,色泽和谐,寓意深刻。

这次大会以后,苏东水有感于各级领导和众多友人、弟子的热情支持,专门写了封感谢信,现抄录如下:

> 盛世聚会,贤达五百,广蒙厚爱,深感五内。铸新学派,众志成城,传道授业,经世济民。东方管理,以人为本、以德为先、人为为人。路漫漫其修远兮,吾将上下而求索。值瑞雪迎春,特此敬颂,五福临门,宏图大展!

对于这次隆重的纪念活动,《人民日报》《文汇报》《解放日报》等多家媒体进行了报道。《人民日报》以"东方之水源源来——写在复旦大学苏东水教授从教50年际"为题进行报道,并在报道中引用时任苏州市副市长朱永新的话对苏东水给予很高的评价。朱永新说:"苏老师对学问的把握,往往是宏观的、整体的,国民经济问题、东方管理问题,一般学者不敢问津,但他做得有声有色。"这次纪念活动当月的《海峡摄影时报》则把苏东水作为封面人物,还专门刊载了题为"弘扬中华优秀传统文化复兴的资深学者"的长篇报道。

33. 三学

2005、2006年这两年,苏东水除了坚持主持召开"世界管理论坛暨东方管理论坛",就是密集推出东方管理成果和进行东方管理学科建设。

2005年召开的第九届论坛以"东方管理与和谐社会"为主题,会议在复旦大学逸夫楼隆重召开。苏东水作题为"中国式管理的探索"的主题报告。这届论坛是一场海峡两岸管理学术交流的盛会。苏东水"集跬步以至千里"的顽强毅力及一系列独具创新意义的东方管理成果赢得了海峡两岸参会者的高度评价。

2006年召开的第十届论坛以"全球化背景下的东西方管理"为主题,会议在上海国际会议中心和上海外国语大学隆重召开。苏东水作了《论东方管理哲学》的主题报

告,系统阐述了东方管理的哲学基础及东方管理学体系经历"古为今用、融合提炼,到自成一家、走向世界,再到形成学派、扩大影响"的艰难历程。对于这两次会议,这里不再详细展开。下面将重点介绍一下这两年苏东水学术成果和学科建设的情况。

2005年的钟声刚刚响过,苏东水主编的《应用经济学》就由东方出版中心正式出版了。除导论外,这部著作分为企业、市场、政府和社会四篇。"它打破了通常意义上的经济学与管理学、宏观经济与微观经济的界限,涵盖了宏观经济学和微观经济学所不能顾及的、介于经济总量和经济个量之间的中间层次问题,全面而深入地分析了我国国民经济各个环节的经济活动及发展规律、运行机制等。"这部书历时两年而成,是国内首部"应用经济学"方面的专著,是对我国应用经济学科颇有原创性贡献的又一力作。本书的一个显著特点是,既重视对国民经济活动的理论分析和实践经验的总结,又重视人的行为规律研究,并且娴熟地把苏东水自己概括的"人为为人"的东方管理核心理念运用于这部著作的写作之中。所以从一定意义上来说,这部著作也是东方管理学派的系列成果之一。

2005年5月28日,苏东水在华侨新村的书房内摩挲着那本红彤彤的《东方管理》,一时感慨万千。他想,东方管理文化博大精深,千头万绪,东方管理作为一门学科最好能有一个精要,这样一来,即便是对东方管理完全陌生的人也能通过精要快速了解东方管理是怎么回事。于是,他凝神屏气,一口气写下了132句、528字的《东方管理

学》精要。这528个字可谓字字珠玑,高度凝练了东方管理的"三学""四治""五行"体系及主要理念。现抄录如下:

东方管理,创新学派,研究卅载,十国演说,十届论坛,学友三千,著文千篇,纵观古今,横跨中外,融合精华,独树一帜,声誉四海。"三学"为基,中国管理,阴阳五行,无为而治,人智信义,慈善正己,知人善用,崇尚法规。西方管理,泰罗领先,行为科学,西蒙决策,现代丛林,学派芬芳,以柔代刚。华商管理,艰苦创业,根植本土,五缘网络,勤俭持业,家族经营,义行社会。千年之史,管理学说,集众精髓,十五要素,人为科学。"三为"原理,以人为本,人为主体,民族在先,上善若水,民为邦本,人本管理,天人合一。以德为先,倡新三德,官德廉洁,商德诚信,民德和谐,德行教化,以德治国。人为为人,人为激励,人为决策,人为价值,为人服务,双为互动,共创多赢。"四治"体系,治国理念,居安思危,礼法并举,强根固本,集分适当,开拓创新,德治兴邦。治生理念,辛勤致富,诚实经营,崇尚规律,乐观时变,抓住机遇,降低成本。治家理念,尊老爱幼,和睦相处,规范家教,开源节流,立志创业,家兴国强。治身理念,身体力行,修己安人,虚心学习,内省改过,道德践行,志在天下。"五行"管理,人道行为,人行正道,道法自然,道介人心,道化矛盾,道赢民心,道能兴国。人心行为,人性多端,欲在需要,志在期望,常受挫折,重在调试,促进成就。人缘行为,重在沟通,亲缘同兴,地缘和邻,文缘共振,商缘共利,神缘共奉。人谋行为,凡事成功,实事求是,善于预测,重在谋略,决策有方,利器运术。人才行为,常春之根,强国之本,德才兼备,贵在使用,重在激励,善在管理。和谐社会,以和为贵,和合事兴,和气生财,和而不同,走向世界。

需要说明的是,2010年1月28日,苏东水对以上精要又进行了修改完善,主要体现在部分表述更加与时俱进,为便于大家了解精要的原貌,这里仅抄录其最初的提法。

2005年8月,由苏东水主编、高等教育出版社出版的《产业经济学》第二版正式面市。该书第一版的编写工作始于1998年秋季,当时由苏东水的98级博士生、博士后为主要班底,并邀请了复旦大学、上海财经大学、空军政治学院、河海大学、同济大学及东华大学等院校的产业经济学资深教授共同参与讨论和撰写,首次于2000年2月正式出版,并作为"教育部21世纪课程教材"。由于这本书"根植于东方管理文化与现实产业发展的实践,既同国际接轨,又与实践结合,特别是适应了中国特色和经济全球化对产业经济理论的新要求,论述了东方管理'以人为本、以德为先、人为为人'的产业经济思想,吸收、体现了世界产业经济领域的最新动态和精华",所以深受使用者好评,短短5年即再版。2010年和2016年,苏东水再次结合社会经济发展的最新进展和产业经济学、东方管理学方面的最新研究成果,对《产业经济学》又进行过两次大的修改,出版了第三版、第四版,从而使这本书真正成为一本与时俱进的优秀高等院校经济管理类重点教材。

2005年9月,苏东水著《东方管理学》终于在其2003年1月出版的"红宝书"《东方管理》基础上,经过反复修改完善,以学科的面目由复旦大学出版社正式出版。苏东水对这部书非常满意,认为这部书的出版打破了"凡是近代的就是西方的,而西方的就是重要的"思维定式。具体来说,"一是弥补了管理学框架内容体系。正如首任IFSAM主席野口佑所说,中国将会在世界管理史上留下光辉的一页。二是改变了西方管理学中心主义。三是推动了东方管理学走向世界"。总之,这本书全面阐述了"东方管理学"的完整理论体系,是系统阐述东方管理学派理论与实践的原创性著作。此外,这部《东方管理学》也是整个"东方管理学派著系"的总纲性专著。

《东方管理学》正式出版后,苏东水并没有松懈,他对东方管理的学科建设有非常强烈的紧迫感和危机感,希望东方管理学能早日成为一个独立的学科。2006年4月14日,在苏东水的具体推动下,复旦大学经济管理研究所、东方管理研究中心联合举办了东方管理学学科建设研讨会。苏东水在发言中流露出时不我待的心情,他说,开设东方管理学专业的硕士点和博士点,这是全国高校中迄今唯一的,但是目前社会上对《东方管理学》的认识还有两种现象值得我们重视。一种现象是不了解,认为研究东方管理就是研究老古董。他说,最近北大、清华开展的各种东方管理学术研讨班对他触动很大,东方管理研究本来发源于复旦,但具体推动的却是北大、清华;另一种现象是目前海外的组织、对东方管理的研究很有兴趣，非常重视，多次参加由他主持的"世界管理论坛暨东方管理论坛"，哈佛商学院的中国研究中心还派专人来参会，并将会议内容翻译成英文，有效地推动了东方管理在世界上的传播。说完这两种现象，苏东水意味深长地说："我们的东方管理研究还要抓紧、抓紧、再抓紧呀！"这次会议之后，在苏东水的积极推动下，复旦大学当年就在全国率先设立了东方管理学专业博士点和硕士点，这是东方管理学科发展的新的里程碑。

　　2006年7月，林善浪、张禹东、伍华佳著《华商管理学》由复旦大学出版社正式出版。这部书以东方管理学派"以人为本、以德为先、人为为人"的核心理念为主线，"全面系统地论述了华商管理的产生和发展、中国传统文化和西方管理方法的融合、华商管理的基本原理和区域特征，并与中国式、美国式和日本式管理进行比较，全面系统地分析了华商管理的独特价值。全书结合中国改革开放以来经济发展的新成就、管理理论新发展和世界管理新进展并进行比较研究，创造性地阐述了中国管理学的基本思想和伟大实践"。苏东水虽然没有直接参与这部书的撰写，却从头至尾关心着这部书的写作进程。据这部书的作者之一林善浪回忆，2003年12月的一天，正在泉州老家调研的苏东水专门找他就该书的写作给予系统、全面的指导。苏东水谈古论今，纵横捭阖，耐心细致地讲解了《华商管理学》的创意、主题、思路及其与《东方管理学》和《中国管理学》的关系。晚饭之后，苏东水又打电话叫林善浪到他下榻的地方继续讨论写作提纲，就研究对象、内容体系和章节布局等给他作了深入的分析和指导。这次

复旦大学华商研究中心成立暨世界华商与中国经济研讨会合影 2006.11.10

讨论从夜里10点左右一直持续到深夜12点,对林善浪等人顺利完成这部书的写作具有非常重要的指导意义。

2006年12月,苏东水、彭贺等著《中国管理学》由复旦大学出版社正式出版。这部书"结合中国改革开放以来经济发展的新成就、管理理论的新发展和世界管理新进展并进行比较研究,创造性地阐述了中国管理学的基本思想和伟大实践"。谈起这部书出版的意义,苏东水等人在本书"前言"里引用了《环球时报》2006年8月11日"热门话题"报道:"中国管理学成为德国各大学竞相开设的新奇专业之一,以吸引学生的眼球。"之后,他们强调:"德国顺应中国发展,填补市场空白,在德国大学创新专业,注入中国因素,新设'中国管理学'的全新教育产品,不能不引起我们的深思!"

《东方管理学》《华商管理学》《中国管理学》的陆续出版,标志着以苏东水为首的"东方管理学派"完成了东方管理"三学"体系的建设。此外,这三部书还是国家"十一五"重点规划项目。它们的正式出版对于完善有中国特色的经济管理理论体系必将产生积极而深远的影响。

34. 回顾

　　2007年,苏东水77岁。这一年,他依然步履矫健,行走带风。除了继续坚持到校授课,他依然频繁参加各种社会活动,利用一切机会宣传和推进东方管理事业。1月,他参加了上海市政协第九届委员会第一次会议。4月,他参加了博鳌亚洲论坛年会。同样在4月,他作为上海泉州侨乡开发协会会长在上海泉州侨乡开发协会成立20周年庆典大会上作《雄关漫道真如铁,而今迈步从头越》的报告。5月,他应邀出席"台湾中

华大学""2007管理与教育论坛",作《"东学"五字经》的报告。7月,他参加了由复旦管理学基金会和复旦大学联合举办的"复旦管理学国际论坛",并在论坛上作《东方管理学的精妙之处》的发言。12月,他主持了在北大百年讲堂举行的"第十一届世界管理论坛暨东方管理论坛"。这届论坛以"东方管理思想与中国管理创新"为主题,北京大学光华管理学院的何志毅教授为促成此次会议做出了重要贡献。苏东水在大会上作了《论东学与国学》的主题报告。之所以选择这么一个主题,是因为当时出现了一股"国学"热,很多高校打着"国学"的旗号,开出了天价的国学培训班。他感觉非常有必要对这一现象进行探讨。他认为:"国学的复兴与东学(东方管理学)的兴盛看似百年巧合,实则蕴含了中国近代历史的变迁和中国综合国力强大、国际地位提高的变化。"

　　2008年春节刚过,苏东水便率一众弟子投入到"第九届IFSAM世界管理大会"和"第十二届世界管理论坛暨东方管理论坛"的筹备工作。这次世界管理大会的举办权来得非常不容易,这是苏东水等人历时多年苦苦争取,才最终在2004年瑞典召开的第

七届 IFSAM 世界管理大会上获得了理事会一致通过。对此,国外媒体给予了很高的评价,认为这次大会承办权的获得标志着中国管理学研究地位获得了国际公认,是中国继 2008 年奥运会后又一次获得的"管理学奥林匹克"承办权,其意义不言而喻。

　　为确保本次大会万无一失，苏东水与11年前筹备"'97世界管理大会"一样，事无巨细、尽心尽力地把握着各项筹备工作。据协助他筹备会议的一位弟子回忆，苏东水在撰写会议邀请函和论文集的序言之后，在两个月内，又对这两份材料作了几十次大大小小的修改。直到送印前的深夜，苏东水突然想到还有一些语句需要修改，这样可以使它们的立意更高、文法更顺，于是，便拿起电话给这位弟子打了过去，详细交代了十几处需要修改的地方。待这位弟子按照他亲笔标注的稿件传真件进行修改并传给他后，他很快又传回稿件，交代了几处小的改动。直到苏东水最后确认可以送出去印刷，那名弟子看了一下表，时间已经子夜一点多钟了。那名弟子感慨万千地说："每每有重要稿件，苏先生都是如此不辞劳苦，精益求精，'一代管理学大师'名号的背后，是常人难以理解和无法企及的艰辛付出！"

　　苏东水及其弟子们的功夫没有白费。2008年7月27日至28日，"IFSAM第九届世界管理大会"和"第十二届世界管理论坛暨东方管理论坛"在复旦大学光华楼成功举行。本次大会以"东西方管理融合发展"为主题，设立管理创新、中国管理、全球管理等20个专题论坛及东方管理论坛。时任全国人大常委会副委员长韩启德、时任全国政协副主席厉无畏、时任中共中央对外联络部部长王家瑞、时任复旦大学党委书记秦绍德、时任上海外国语大学党委书记吴友富、时任上海工程技术大学校长汪泓等领导同志出席了大会开幕式。大会由复旦大学管理学院院长陆雄文教授主持。

　　苏东水作为本次大会主席发表了题为"东西方融合创新及其实践——东方管理学三十年的探索"的主题演讲。他说:"纵观宇宙万物的运行,集中一个字就是'变',像水一样变化无穷。东学30年,向东方之水滚滚而来,返而复归,我们在创建事业的过程中,随着水的激流变化,'任凭风浪起,稳坐钓船中',其苦矣,亦乐在其中,其乐无穷。"他指出,东方管理学的探索源于对西方管理话语霸权的反思,对当代中国经济管理实践的呼应及其"水土不服"引起的,东方管理学创建至今30年,既是一个从追问、反思到原创的探索过程,也是一个从最初被同行质疑到逐渐被认可、被接受的学术实践、影响历程。他说,他曾参加了由袁宝华、潘成烈组建的中国古代管理思想研究会,获得很多启示,如袁宝华教授提出的"以我为主,博采众长,融合提炼,自成一家",就给予他在研究东方管理学的过程中很大的启发。他把自己领衔开展的东方管理学研究分为三个阶段:一是20世纪70年代中至80年代中阶段,是东方管理学的古为今用、融合提炼阶段;二是1985年至1995年阶段,是东方管理独成一家、走向世界的阶段,而且从1992年开始,在国际上掀起了一个有一定影响的学习和推广东方管理学说的高潮;三是1996年至今的学派形成和扩大影响阶段,这个阶段促使东方管理学成为中国式的现代东方管理科学。

　　苏东水认为创建东方管理这一门新学科的过程是曲折辛苦的,但是他认为在现代国际管理丛林中要创新与领先一门新的管理学是最难的,一个国家、企业或个人以及一门学科事业的成长与发展,都存在领先与创新的目标过程和效果,但是要做到领先与创新靠什么呢? 主要靠人才。

他回顾了三十年"东学"研究的艰辛历程和累累硕果后,深情地说:"回眸半世风光,横跨欧拉美,港澳台侨,西北东南,星腕杰雄,上下求索。管理若水,有永恒之道,乃以人为本、以德为先、人为为人,造福人间万物,川流不息。文化激荡、管理创新,乃世事进展之动力。通鉴东西古今管理之历史,唯百家争鸣可铸管理文化之精华。观我中华历次盛世,华人之发展,无不有灿烂文化之影响。我们是为博开管理科学异能之路,悉延古今中外百端之学,融东西管理文化之精华,努力共创和谐世界。"苏东水说完这段话,台下掌声雷动,大家越来越理解苏东水创学之艰难、意志之坚定、胸怀之博大、成果之丰硕。是的,一个人想做事,怎么会没人质疑?一个人想做大事,怎么会没有千难万阻?然而自从苏东水决心开辟一条根植于中国优秀传统文化、融合东西方优秀管理成果的原创性东方管理理论体系后,他便咬紧牙关,排除万难,义无反顾地走了下来。其间,无论遇到多么棘手的人和事,他总能处变不惊,泰然自若,烦恼之意仅仅一闪便过。这种大道修为、这种文化自信,不仅感染和激励了一批又一批苏门弟子和身边的友人,也使得东方管理事业获得了越来越多的理解和支持。

在为期两天的大会和专题论坛中,来自世界30多个国家和地区的400多名管理学学者和企业家代表就东西方管理和企业经营发表了具有深刻见解的论文和彰显创新实践的案例,并就有关焦点问题进行了热烈的讨论,取得了丰硕的成果。2003—2004年世界管理学会联盟主席兰汀(Rolf A. Lundin)就西方管理学的发展趋势展开了深入的论述。他的报告对于大家理解东西方管理融合的趋势具有重要的启发意义。专程从美国赶来参会的夏威夷大学成中英教授在论坛发言中说:"我从1991年就认识苏东水教授,对他发展东方管理这件大事,我很佩服。……我们精神上很相通,他的东方管理思想发展得很早。"他还说:"我认为东方管理、中国管理一定会发展起来,苏东水教授功不可没。"复旦大学管理学院院长陆雄文则表示:"世界管理大会堪称全球管理学界的'奥林匹克大会',复旦大学管理学院非常荣幸能在2008年北京奥运会召开前夕承办这次管理学界的盛会。"2008年3月22日的《东方早报》上陆雄文认为,复旦大学在强手如林的全球竞争对手中脱颖而出的原因有两点:一是中国的发展尤其是东方管理学的发展受到了世界瞩目,二是得益于东方管理学的开创者、复旦大学首席教授苏东水的个人号召力。

新华网、中国新闻网、中国政府网、文汇报、第一财经频道、上海新闻综合频道、腾讯网等20余家全国和地方媒体对这次"中国管理学界规模最大的盛会"做了大量报道,称赞本届大会以"东西方管理文化融合发展"为主题,有利于国内外管理学者交流和探索管理学的发展道路,推动东西方管理文化的融合,提高我国管理学在国际上的地位和影响力,为我国经济社会发展做出积极贡献。这次大会结束很久之后,学术界还在关注大会的成果。2009年1月,苏东水在"IFSAM第九届世界管理大会"上所做的主题报告《21世纪东方东西方管理融合发展趋势》被《新华文摘》全文转载。

35. 乡情

2009年1月1日,79岁的苏东水徜徉在泉州的老街古巷,德济门、后天门、富美宫、鳌旋市、青龙宫、蔡鼎常故居、黄厚忠故居、徐光伟故居……

对于这些造型古朴、风格各异的历史文化建筑和特色古民居,苏东水再熟悉不过了!他从小就住在临江一带,何止千百次地从这些历史遗迹旁穿行?尽管如此,每次回到泉州,他都要尽量抽出时间再去看一看那些老建筑。前些年,苏东水还参与发起了德济门遗地的保护性开发工作。在他的心目中,泉州市沿海的中心德济门广场不仅是泉州的标志性建筑,还是泉州东方圣地的中心之一,代表着泉州的形象,是泉州这个中心的中心。为此,他对德济门发展旅游一条街提出了"全面规划、分段改造、重点修复、系统发展"的建议。他强调:"德济门是海上丝绸之路的起点,周边有很多历史建筑和历史遗迹,文化价值相当高,要发展德济门旅游就必须从整体上进行规划,对于古民居可以利用起来开展诸如体验古民居生活等有特色的旅游项目。"

苏东水继续沿街行走,回忆着这些年自己为家乡发展所做的工作。自从完成"泉州发展战略研究"并首次提出"泉州模式"以后,他又为泉州的进一步发展动了不少脑筋,写了不少文章,提过不少建议——2001年,他代表上海泉州侨乡开发协会专家组撰写《关于大泉州两江沿海发展的一些建议》。

2002年6月28日,他专门致函泉州市主要领导,满腔热情地提出泉州申请世界遗产的建议,还具体提出开辟洛阳湖(万安湖)、增设泉州世界宗教文化遗产申请"世遗"、南天后宫前德济门遗址的建设等方面的建议。这些建议后来得到市政府的回复和部分采纳。泉州市人民政府在当年8月30日给苏东水的回复中对他表达了崇高的敬意。信中说:"苏教授,您为了建设洛江湖的家乡事业,多方联络贤才,并挂帅出征,冒着大暑天实地踏勘,这种精神着实令人钦佩。"

2004年12月,在首届上海闽商发展论坛上做《发展闽商新优势》的发言,这篇发言稿后来在2006年1月11日的《中国企业报》正式刊载。

2005年4月,在第七届晋江鞋博会上做《提升泉州鞋业集群竞争力:兼谈晋江如何做大鞋业产业经济组团》的主题发言。

2006年,苏东水回顾自己提出的"泉州模式"并进而总结20年来泉州地区经济发展的新成就和新特点时,不禁心潮澎湃,深感"泉州模式"在泉州乃至全国和世界都有着极其重要的社会经济意义和深远的理论价值。于是,他潜心撰写《再论"泉州模式"》一文,并在《福建论坛》(人文社会科学版)2006年第8期正式发表。他在这篇文章中指出,随着时间和市场环境的变化,"泉州模式"在实践中不断成熟和发展,涌现出一些新的特点,具有显著的经济文化价值,比较突出的有以下五个方面:一是发达的集群经济,二是特色的县域经济,三是活力的品牌经济,四是发展的创新经

济,五是新型的文化经济。为便于大家理解,他还专门撰写《解读"泉州模式"》一文,在《泉州晚报》2006年4月29日发表。后来又撰写《再解读"泉州模式"》,在《泉州企业家》2006年第6期发表。

同样在2006年,苏东水在4月28日参加泉州市委、市政府主办的"辉煌泉州,活力泉州"论坛时,提交了《创新·发展·构建·和谐——关于泉州发展的几点建议》,并在这次大会上做《发挥泉州新优势》的发言。他在发言中回顾了20年前提出的"泉州模式",并进而总结了20年来泉州地区经济发展的新成就和新特点,呼吁泉州要发挥世界文化圣地的新优势、世界华人"五缘"关系的新优势、泉籍华商发展的新优势、泉州经济崛起的新优势和泉州港口经济的新优势。他说:"'泉州模式'在泉州乃至全国和

全世界都有着极其重要的社会经济意义和深远的理论价值，从现在的发展趋势、产业文化和名牌战略来看，泉州应进一步发挥东亚文化之都的优势，以更包容的胸怀吸引更多世界级企业来泉投资兴业，吸引更多世界级企业家和专家来泉发展，再现'市井十洲人'的繁荣景象。"在这次会议的间隙，他接受了《泉州晚报》记者的采访，具体提出了以"文化理念推动泉州经济发展"的构想，并强调海丝文化、闽南文化和宗教文化是泉州发展新型文化经济的宝贵遗产，他们形成的凝聚力和经济的驱动力将对"泉州模式"的提升和充实起到积极作用。

还是在2006年，苏东水向9月份在厦门举行的第二届海峡旅游博览会论坛提交了《发挥"五缘"优势，促进海峡两岸合作交流》《海峡经济圈的战略构想》《海峡西岸经济区是海峡经济圈的过渡阶段》三篇论文，对海峡经济圈的建设和发展，提出了非常宝贵的意见和建议。

想到这里，苏东水开心地笑了……

2010年8月18日，苏东水在《品读泉州》上深情地写道：

> "我家在泉州/处处有古迹/海上的丝路由这里起/给世界一个惊喜/我家在泉州/处处有魅力/那一片肥沃的金土地/为我们创造奇迹/闽南的好儿女/心儿里永相依。"

这就是苏东水，他对自己的家乡爱得那么深沉，那么执着！只要一有机会，他就要为家乡的发展出一份力，献一份心！

2011年3月26日，在苏东水的具体推动一下，"第十五届世界管理论坛暨东方管理论坛"在他的家乡泉州隆重举行。这次论坛还同时与泉州市人民政府联合举办了"泉州模式发展25周年专题研讨会"。这是苏东水提出"泉州模式"25年后再次就全球发展模式提出新的见解。在这次会议期间，苏东水在接受《泉州晚报》记者专访中强调，泉州应以国际一流的海湾型大城市为目标实现跨越式发展。这次专访的内容在当年3月28日的《泉州晚报》上正式登载。后来，苏东水又与刘志阳、苏宗伟合作撰写《"泉州模式"的转型发展》，并在2001年《经济管理》增刊上发表。他们在这篇文章中建议，泉州应抓住前所未有的机遇，大力发展重化工业和现代服务业，逐步由发展消费资料工业转向发展资本资料工业，逐步向现代制造业要现代服务业，实现泉州经济的可持续发展。此外，2011年，苏东水还在北京举办的"海峡西岸经济区发展高级研讨会"上做《"五缘"理论与海西发展》的演讲。

　　2012年6月,苏东水在接受《泉州商报》记者采访时,毫不吝惜自己对泉州在福建省的独特经济定位的赞扬,称"泉州可以说是中心的中心",希望"泉州模式"的内涵在二次创业中进一步延伸。

2013年11月，苏东水在接受《泉州晚报》记者专访时指出，泉州文化具备诸多优势，形成了十大奇观——世界宗教博物馆、"市井十洲人"的国际城市、闽南建筑艺术秀出东南、名街古巷完好保存、名刹古寺云集、海上丝绸之路起点城市、名桥云集、戏曲艺术之乡、名山胜地和美食艺术，因此"泉州作为东亚文化之都是当之无愧的"。他建议泉州大力发展文化经济，建立以泉州为中心的东亚文化国际合作机构，打造新的"泉州模式"。

一个月之后，他专门在《泉州晚报》上撰文建议，泉州未来可以瞄准五大市场，即泉州特色的旅游市场、开放的海洋市场、连接海内外的海丝市场、历史悠久的瓷器市场、东亚水果的资源市场。

写完《泉州未来可以瞄准五大市场》这篇文章，他信步来到南安丰州，沿着晋江边的观景步道，如醉如痴地观赏着晋江两岸的美丽风光。

36. 交棒

自从2008年7月苏东水主持召开了"IFSAM第九届世界管理大会"和"第十二届世界管理论坛暨东方管理论坛"以后,他又一年不落地连续主持召开了五届"世界管理论坛暨东方管理论坛",其中的艰难与辛苦自不必说。

2009年的第十三届论坛以"走向世界的东方管理"为主题,在南京的河海大学隆重举行。苏东水在主题报告中从世界经济格局的变动、科技革命的发展、可持续发展观的提出以及西方民主化浪潮的推动四个维度深刻阐述了东方管理走向世界的必然趋势,并热烈呼唤东方管理学派积极把握这个历史趋势,一方面,要发挥"五缘"网络优势,更多参与国内外相关学术会议;另一方面,要争取出版中英文对照的《东方管理学精要》,努力扩大国际影响;此外,还要建立和完善东方管理学的国内外教学与研究实践基地。

2010年,第十四届论坛作为IFSAM第十届世界管理大会的主要议程在法国巴黎的CNAM(法国国立艺术及文理学院)隆重举行。本次大会的主题为"全球经济中的正义与可持续性"。这是论坛首次在中国本土以外举行。时任河海大学商学院院长张阳教授、上海外国语大学东方管理研究中心执行副主任苏宗伟教授及中国管理科学学会陈志成教授等学者是本次论坛在海外召开的重要推手。苏东水发表了"中国情境下的企业管理发展历程"的主题报告。

2011年，第十五届论坛以"东方管理、华商管理与中国软实力"为主题。会议地点在华侨大学。这是论坛首次来到苏东水的家乡举行。苏东水作"论中国管理科学的发展"的主题报告。在报告中，他以东方管理学为例系统回顾了中国管理科学的发展历程，对其实践运用和创新发展进行了深入阐述。时任中共中央对外联络部部长王家瑞，时任全国人大常委、民进中央副主席朱永新，时任全国侨联副主席李欲晞，时任泉州市市委书记李健国，时任泉州市纪委书记李淑芳等领导出席了此次盛会。

2012年,第十六届论坛以"东方管理3000年、30年和未来——中国管理模式创新研究"为主题。会议地点在上海工程技术大学,前上海工程技术大学校长、时任宝山区区长汪泓为促成此次论坛做出了重要贡献。苏东水在此次论坛上作题为"东方管理学研究的突破、创新与提升"的主旨发言。

2013年,第十七届论坛以"人与人、社会(组织)、自然的和谐发展"为主题。苏东水作题为"人为为人 成功之道"的主旨演讲。无锡九如城养老产业集团谈义良博士、上海同华投资(集团)有限公司董事长史正富教授及全国政协委员、国家行政学院政治学部主任刘峰教授作了大会主题演讲。复旦大学管理学院院长陆雄文教授主持了大会的主题演讲。这次会议在江苏宜兴举行,无锡九如城养老产业发展有限公司承办了此次论坛。

时间很快到了2014年。这一年对于84岁的苏东水来说具有非常特别的意义。他领衔承担的复旦985工程项目成果——《中国管理学术思想史》获中国管理科学奖。仅此一点,很多人恐怕一辈子也无法企及。然而这还不是苏东水那一年最特别的地方,比较特别的是他创办的"世界管理论坛暨东方管理论坛"已经开到第十八届了,而他的从教生涯也进入了第60个年头。"六十年一甲子",苏东水一路走来,筚路蓝缕,成果卓著! 他的亲朋好友和门生弟子们都盼望着与他共同分享收获的喜悦。

2014年10月18日至19日,"第十八届世界管理论坛暨东方管理论坛"在复旦大学隆重召开。来自国内外30多所知名高校的专家学者、政府官员、企业家及学生代表共200多人参加了此次大会。时任全国政协副主席王家瑞、时任中国商飞有限公司董事长金壮龙、时任上海市宝山区委书记汪泓、上海外国语大学党委原书记吴友富等领导同志参加了此次论坛。论坛的主题是"东方管理理论与实践——过去·现在·未来"。苏东水作为本次大会主席作《东方管理学的缘起与未来》主题报告。他在报告中系统梳理了40年来东方管理学研究发展的历程,并把东方管理发展的主要成就概括为"六个一":创立了一个新学派;创建了一个新体系;创设了一个新学科;创立并举办了一系列论坛;造就了一大批学者;指导了一系列社会实践,很多学者现在已经成长为企

业、政界和教育界的领袖,他们将东方管理智慧与管理实践相结合,为中国的经济、社会、外交、教育等的发展做出了重要贡献。他在报告中强调,"和合"是东方管理的最终目标,最后指出并呼吁:"管理只有永恒的问题,没有终结的答案。……下一步东方管理研究除了继续在大理

论上进行讨论,建立更多小的中层理论,能否吸引组织现在国内从事东方管理类的学者进行合作,共同推进对一些重要问题的研究? 我看这是非常迫切的!"

收获满满的两天论坛结束后,"东水同学会"特意举办了"苏东水教授执教60周年欢庆会"。欢庆会开始前,他的学生代表宣读了热情洋溢的贺词。现抄录如下:

六十年前他投身教育科研事业,把青春献给国家现代化建设;
五十年前,他历经风云激荡,迈过峥嵘岁月,坚守信仰和追求;
四十年前,他创建国民经济管理学体系,构建管理心理学理论;
三十年前,他创立东方管理学派,提出"三为"思想和东学"五字经"体系;
二十年前,他推动中国管理学走向世界,举办东方管理论坛和世界管理大会;
十年前他领衔创设东方管理学硕、博士学位点和产业经济学国家重点学科;
……

他是复旦大学首席教授,先后担任国务院第三、第四届学科评议组成员、中国博士后管委会专家组成员、IFSAM中国委员会主席、中国国民经济管理学会会长。

他被誉为管理学界的一代宗师,入选"60年·中国管理20人",被国务院表彰为发展中国高等教育事业有突出贡献的专家。

他立德律己,细雨和风润桃李,培养硕士、博士研究生300余名、博士后50余名。

……

六十载风雨兼程,一甲子春华秋实。岁月如梭,弹指一挥间,他迎来了执教生涯的第60个年头!

弟子们的贺词非常准确地道出了苏东水的成就。仅就举办"世界管理论坛暨东方管理论坛"来说,自从苏东水从1998年首次举办以来,无论条件多么艰难,每年都坚持举办。把论坛每年一届地坚持召开二十余年的苏东水更是付出了常人难以想象的辛劳。好在他的辛劳没有白费,我们可以非常清晰地感受到他将东方

教 育 部 办 公 厅

贺 信

复旦大学并苏东水教授:

值此第十八届世界管理论坛暨东方管理论坛召开之际,欣闻苏东水教授执教60周年,谨向学校表示热烈祝贺! 向苏教授致以崇高敬意和热忱祝福!

苏东水教授热爱高等教育事业,辛勤耕耘60年,乐育英才,甘为人梯,潜心钻研,成果丰硕,培养了一批优秀人才,创设了富有特色的东方管理学派,在管理学界负有盛名,为我国高等教育事业和管理学繁荣发展,推进中国管理学走向世界作出了重要贡献。

衷心祝愿苏东水教授身体健康,祝愿论坛取得圆满成功。

2019年10月16日

管理理论体系建设得越来越完善,越来越有深度,越来越密切联系实践,也通过历次论坛的召开使东方管理思想传播得更远。

参加完这届论坛及欢庆会,苏东水的弟子们依然沉浸在被老师奋斗历程所深深感染的气氛中,有一位秀外慧中的女弟子更是欣然提笔画了一幅小画:在万物复苏的春天里,一只大熊猫扛着一面红旗昂首阔步向前奋进,右边朱红印章书"人为",左边白文印章书"为人",趁油墨还在飘香,当即打车把这幅小画送到苏东水位于华侨新村的家里。收到这幅小画后,苏东水非常高兴。那位女弟子虔诚地对苏东水说:"苏老师,您六十年一路走来非常不容易,这幅小画算是我代表苏门弟子向您表达珍视传统、勇于担当、坚定不移跟随您把'人为为人'大旗传播到全世界的决心吧。"

2015年,第十九届论坛在东华大学举行。论坛的主题是"新常态·新思维·新实践"。苏东水在《新常态与东方管理创新发展》的主旨演讲中回顾了40年来东方管理

学的发展历程和已有成果,并热情呼吁更多的学者、官员和企业家投入到东方管理的
研究与实践中来。时任东华大学管理学院执行院长赵晓康教授为促成此次大会做出
了重要贡献。

2016年,第二十届"世界管理论坛暨东方管理论坛"以"创意·创新·创业"为主题

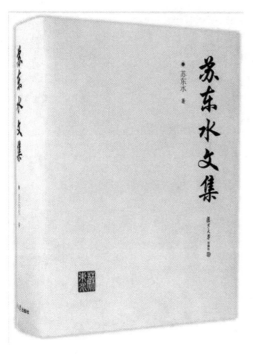

隆重召开,本次大会由大汉三通控股集团具体承办。论坛由上海管理教育学会会长赵晓康主持,宝山区区委书记汪泓等做了主旨演讲。86岁的苏东水兴致勃勃地全程参加了此次论坛。在这次论坛召开的当月,汇集苏东水一生心血的《苏东水文集》由复旦大学出版社正式出版。这部看起来就像《辞海》一般的鸿篇巨制总字数221万字,包括插页共计1400余页,重达3.6千克,捧在手中的那份厚重感令人对苏东水油然而生敬意。文集分管理学、经济学、综合类三大部分,从300余篇已发表的学术论文、上千篇未公开的发言稿和手稿中精选出苏东水1978年以后的部分论文、论坛发言稿、社会各界对东方管理的评论等,可以说是苏东水理论研究和东方管理思想发展的宝库。

文集的整理工作早在2008年之前就已经开始,但因种种原因一直到2016年才在史正富教授和翟丽博士的资助下得以正式出版。不过,在等待出版的这段时间,苏东水并没有闲着,他一方面对编辑后的文集反复校对、调整,另一方面,随时会翻找出新的手稿、文章,并补充到文集里。据参与协助苏东水统稿的林善浪教授回忆,苏东水对文集的编辑工作非常细致、认真,一篇篇文稿、一张张照片,哪怕是一个时间点、一个名词都不放过,看着一个80多岁的老人校对之细心、工作之严谨,他深受感动。

自第二十届"世界管理论坛暨东方管理论坛"开始,此后的每次论坛,苏东水都不再主持并做主题报告,而是亲临会场给后辈们加油鼓劲。比如,2017年第二十一届"世界管理论坛暨东方管理论坛"在上海交大召开时,87岁的苏东水代表与会代表对上海交大安泰经管学院等承办单位表示感谢,认为这是一次隆重、热烈和高水平的大会。他还回顾了25年前参加国际会议被歧视的经历,感叹中国经济发展随之带来中国学者在世界学术地位的提高。苏东水最后勉励大家共同努力,推动世界管理大会和东方管理事业进一步发展、再发展。苏东水对后辈的关心支持及对东方管理事业的卓著贡献赢得了东方管理研究者们的极大尊敬。

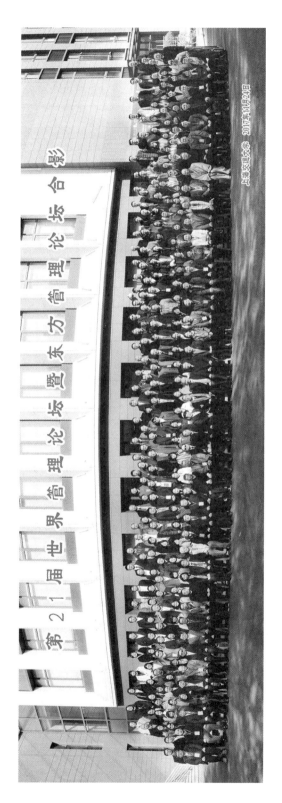

在2018年6月召开的第二十二届"世界管理论坛暨东方管理论坛"及IFSAM第十四届世界管理大会开幕式上,大会特别授予苏东水"东方管理学终身成就奖"。时任全国政协副主席王家瑞为苏东水颁奖,时任上海市人大常委会秘书长陈靖和北京大学国家发展研究院BiMBA商学院院长陈春花向苏东水献花。苏东水高兴地接过获奖证书和鲜花。看到后辈们顺利扛起了东方管理的大旗,他甚为欣慰!看到东方管理的理论与政府和企事业单位的管理实践结合得更加密切,他由衷高兴!看到东方管理的思想在世界各地传播得更加广泛,他深感自豪!几十年来,为了实现创建东方管理理论体系的神圣目标,苏东水几乎把自己的所有时间都搭了进去,基本没有闲暇,并且从没有中断。有时候哪怕半夜忽然想到一点理论上的突破,也要立即披衣起床记录下来。而他兼任的众多社会职务,往往也与学术研究相关,所以勉力完成这些社会兼职,其实也还是在从事或宣传他的东方管理理论。他感觉自己的生活一直都很忙碌。不过,现在好了,后辈们已经成长起来,他可以放心休息一段时间了!当然,若不是身体日渐拖了后腿,他还会与弟子一道继续奋斗下去。

2018年11月16日,88岁的苏东水迎来了人生中的又一个辉煌时刻。那天上午,复旦管理学奖励基金会颁奖典礼在复旦大学隆重举行。苏东水获颁"复旦管理学终身成就奖"。这个大奖虽然冠之以"复旦管理学院"之名,但它却是一项面向全国管理学者的大奖,被视为中国管理学界的最高奖。基金会成立于2005年,由复旦大学杰出校友、原中共中央政治局常委、国务院副总理李岚清同志用个人稿费作为原始基金发起,旨在奖励在管理学领域做出杰出贡献的工作者。原国务委员、第十一届全国人民代表大会常务委员会副委员长陈至立为苏东水颁奖。之后,苏东水发表了热情洋溢的获奖感言:"40多年来东方管理学的教学、科研等各项事业取得的成果,是因为国内外有这么多专家、学者长期勤奋努力,以及各位领导的关心和支持。在此,我向大家表示由衷的感谢。最后,我期望东方管理学为中国社会的发展做出更大的贡献。"

苏东水从知悉自己获"复旦管理学终身成就奖"的那一刻起,就暗下决心拿出自己多年的积蓄以支持复旦大学的管理教育事业。弟子们得知他的决定后,纷纷表示支持。经过一番准备和沟通,最终,苏东水决定捐赠100万元,北京大学王宽诚讲席教授及国家发展研究院BiMBA院长陈春花决定捐赠100万元,苏东水的弟子们合计捐赠130万元。总共捐赠330万元,作为第一期基金。

2020年1月6日,复旦大学管理学院苏东水管理教育基金成立暨捐赠仪式在复旦大学李达三楼隆重举行。苏东水出席捐赠仪式。东方国际集团党委书记兼董事长童继生、复旦大学党委副书记许征、复旦大学管理学院院长陆雄文、北京大学王宽诚讲席教授及国家发展研究院BiMBA院长陈春花等领导和专家学者以及几十名苏东水的学生代表出席了捐赠仪式。在捐赠仪式上,捐赠人代表向复旦大学管理学院捐资330万元人民币。复旦大学管理学院院长陆雄文向捐赠人代表颁发捐赠证书。

在捐赠仪式之后,苏东水被家人推向前台正中。他西装笔挺,领带紫红,怀抱鲜花,双手合十,笑容灿烂地向到场祝贺的领导和弟子们亲切致意,那种优雅的姿态令在场的人们无不为之动容!

附录一 苏东水先生门生故旧撰写的纪念诗文[1]

2021年6月13日4时07分,敬爱的苏东水先生因病医治无效,在上海中山医院不幸逝世,享年91岁。苏东水先生德高望重,教书育人六十余载,桃李天下,著作等身,成就斐然。他为构建中国特色的管理学理论体系呕心沥血,成功开创了东方管理学派,让中国管理学研究走上了广阔的世界科研舞台,对中外管理学科的融合发展影响深远。得知这一噩耗后,全体苏门弟子和苏东水先生的老朋友们无比悲痛。大家立即以各种形式表达对先生的无比怀念之情。现将苏东水先生逝世后,部分门生故旧撰写的纪念诗文等摘录如下:

一、诗词

1. 念奴娇——悼念恩师苏东水

作者:罗进

先生驾鹤,疾雨苍天哭,杜鹃啼血。
慕屈子惺惺相惜,对饮九泉豪杰。①
以德为先,以人为本,树蕙滋兰绝。②
开宗立派,五字经③系概说。
融贯今古中西,人为为人,经世济民达。④
三学五行和四治,求索漫漫不歇。

---

1 本附录所收录诗文均按本书作者收到的时间先后排列。

授业传道,诲人不倦,天下桃李悦。⑤

三为兴国,风流当代人物。⑥

右一为罗进

注:①恩师苏东水先生仙逝当日(2021年6月13日)阴风怒号,苍天哭泣,第二天恰为端午节,难道先生匆忙离去是为与仰慕的屈原对饮抒怀? ②先生提出的以人为本,以德为先,与屈子的举贤授能、滋蕙树兰一脉相承,这是东方管理学的基础,其学术高度犹如凌云绝顶。③"以人为本、以德为先、人为为人"乃经世济民之说。④东方管理"五字经"是包含"三学""三为""四治""五行""三和"的完整理论体系,还需要我们后辈继续探索,发扬光大。⑤先生从教六十多年乐育英才,成果累累,桃李满天下。⑥"三为"学说集中华优秀管理智慧与西方管理科学之精粹,是文化兴国的具体表达,先生堪为当代管理学界的一代宗师。

2. 无题

作者:孟勇

聚沙成塔,立言立德。

东水长流,明德九州。

3. 无题

作者:徐培华

独创东学继轩辕,斯人功业启后贤。

苏门桃李硕果满,一脉东水共长天。

后排左一为孟勇

4. 沉痛悼念复旦大学一代宗师苏东水先生

作者:潘书培

(2021年6月13日于京)

盛世安宁民族兴,宗师无悔跨鹤行,

玉帝端出琼浆酒,众仙施礼迎贵宾。

孺子报国不虚名,甘当人梯身力行,

民富国强展鸿志! 痛指列强八国兵!

恩师择教万叮咛,勿忘国耻业必精,
子民深悟其中理,泪雨打胸疼碎心!
在天之灵佑中华,繁荣昌盛永安宁。

5.悼恩师

作者:章一鸣

恩施硕博尽龙凤,师范人为亦为人,
千秋文章耀西东,古人前无来者鲜。

6.悼恩师苏东水先生

作者:余自武

(2021年6月16日于上海)

学高为师德高为范育人百千桃李满天下,
治学严谨著作等身立言开宗文化显自信。
清风授业桑梓成栋侨子赤胆学问誉西东,

寿高德望子肖孙贤千秋忠烈功勋传百世。

辛丑仲夏,端午前夕,寅时四点,阴风怒吼,经管泰斗,恩师仲生,笔碎墨倾,噩耗惊闻,哀从心鸣,苍天哭泣,泪咽湿土,故园肠断,哀德何报,泣哺未偿。痛思恩师,东水流长,惠泽天下,侨子赤城,衷心为国,心系侨乡,屡建奇功,献身杏坛,从教甲子,有教无类,授业解惑,玉壶冰心,朱笔师魂,谆谆如父,殷殷似亲,育人百千,桑梓成梁,家风严谨,子肖孙贤,春蚕到死,蜡炬成灰,人生有情,江水江花,轻盈数行,浓抹一生,东方之水,以人为本、以德为先、人为为人,至伟功业,彪炳千秋,吾辈后生,誓效师尊。

7. 浪淘沙·悼苏东水老师

作者:吴照云

端午悼忠贤,鸿儒释卷。经世济民洞微著,管人理事察水天,传道授业。沐雨添华年,诲人万千,桃李满门誓不歇。三为四治五行现,星火燎原。

注:端午灵堂架起,一生致力于学术的苏老师终于放下了书笔。经济与管理是苏老师两大研究方向,一生传道授业早已桃李满门却壮心不已从未停歇。"三为四治五行"是东方管理的核心,也是苏老师本土研究的开拓性创举,我们必将继承老师遗志,将其发扬光大。

8.无题

作者:苏勇

昨晨赴中土,今夜返魔都;
来去匆匆为何事,恩师别离日。

人为亦为人,德先更人本。
东方管理立意深,后学志更诚。

9.沁园春·追思

作者:刘爱东

先生西去,星沉东南,情洒水岸。馈哲思贤德,盈满人间。东方管理,人为为人。教育兴邦,产业报国,著书立说浩如烟。弹指间,笑语盈盈,砥砺前行六十年。

音容犹在眼前,励同侪后辈共争先。继懿德嘉行,修身致用。经世济民,师承先贤。十年树木,百年育人,只愿桃李满人间。待来日,看万山红遍,春色满园。

10.仰望师星

郑木清

（2021年6月19日）

苏仙已乘黄鹤去，东水滔滔育后生！
星星慈眼望学子，管教日月爱东方！

11.师情

作者：张季

你拨亮了一颗星
我熟悉了一片天空
你颂诵了一段文
我领悟了纷繁人生
你跟随蹒跚学步的节奏
你呼应挥斥方遒的激情
自己却睿智地移开
把舞台留给学生

呵,你如蜡烛
不问代价只求光明

你对三尺讲台
精耕细作了一生
你纵论古今中外
却不规划自己的前程
你盘点时光
为年轻人丈量路径
你皓首穷经
为后人擦亮眼睛
呵,桃李天下
你是无怨无悔的园丁

12.无题

作者:戴俐秋

长江东水是我师,
我与东水结世缘;
东融西鉴六十载,
东水流长著作鉴;
父教学子人为本,
德为先行为人观;
学贯东西知行合,
立德立言信为功。
恩师智慧影响深,
利他利己共存生。
学子似同儿女疼,
父节追思恩师泪。

后排左一为戴俐秋

13.无题

作者:李志君

披襟临风谱东学,
浩然高歌颂三为。

何堪千里西风烈,

绝代一娇苏东水。

二、悼文摘编

1

惊悉苏东水教授驾鹤往生,虽知他高寿体弱,或有高低,但终究不信,不愿相信这样的噩耗。

他是复旦大学管理学院的创始人之一,与郑、管、吴等教授为学院的创立、建设、完善作出了杰出的不可磨灭的贡献。他所创立的东方管理学首创"人为为人"的中国特色管理科学,影响远播,提振了复旦名声。他忠诚教育、热爱学生、谨奉教学、潜心研究,他解放思想、拥护改革、尊重创新,总结改革开放以来实践与理论的发展,引导发展、传播心得,组织各地各界的同仁及境外学者举行了多届东方管理论坛。

苏先生与我有忘年之谊,他对我信任有加、鼓励有加、褒扬有加,而我常从向他请益中受教,获得力量。尤其感受到一位老知识分子对党、对社会主义的赤子之心,对教育事业、对青年学子的学者之爱、长者之情。

对苏先生的离世我很痛心,请向苏先生家人致慰问之意,望能节哀顺变,保重身体。请向管院的领导师生致我的哀悼之意,望大家学习苏先生的师范德行,在教研学习中笃行勇进。

苏东水教授千古!

(老复旦人程天权谨致)

2

惊悉复旦大学苏东水先生仙逝,十分悲痛。相信苏先生倡导的东方管理学说,后继有人,必将进一步推动我国的管理学界向更高层次发展。方便时,烦请罗进学友转向苏师母问候,苏先生和师母来舍间欢聚的情景,至今历历在目。望先生家人们节哀顺变。愿先生一路走好!

(同济大学经济管理学院首任院长沈荣芳)

3

因摔伤了腿,周六我坐着轮椅也要来参加恩师的追悼会!缅怀先生,追思先生,先生开创的东方管理学科和东方管理思想引领着中国企业的高质量发展,引领着中国企业、中国案例、中国故事。我们将秉承先生的价值观——以人为本、以德为先、人为为人!以先生的思想指导我在中欧国际商学院的发展中真正体现中国深度、全球广度,使中欧国际商学院在全球16500个商学院中进入第一方阵,使其在东方管理思想的引领下融入全球管理体系,在中国特色社会主义现代化建设中,培养更多拥有中国特色、东方管理价值理念的管理精英!我们追思苏先生最好的方式就是继承他的思想,弘扬他的思想,追随他的道路,弘扬光大东方管理思想!

(学生汪泓鞠躬致哀!)

后排左一为汪泓

4

此情可待成追忆,只是今时正茫然。

1992年我下定决心考复旦大学苏东水教授博士生,离职全日制读书。入学不久,就陪苏东水老师出访日本,开启了中国管理走向世界之路。我与老师的故事很多,慢慢写,此时,先办好告别仪式(追悼会)。照片中,有的是老师搂着我,有的是我搂着老师。时间是1992年9月29日前后。老师的仙逝,对我们的心理冲击比我们潜意识预料得要大。不到此时,未必知道。

(何志毅)

后排左二为何志毅

5.沉痛悼念恩师苏东水教授

6月13日是周末,因前一天晚上公务忙得有点迟,早上醒得比往常晚了些。打开手机,微信上师弟蔡建政的留言让我一下震惊了,久久缓不过神。恩师苏先生,我用闽南乡音喊了30年的苏先生,已于凌晨4点驾鹤西去。久闻先生身体欠安,我2020年5月26日专程赴上海探望。当时先生精神尚佳。我许诺先生,一定常去。不想竟言而无信,此生不再有机会弥补。往事历历在目,泪眼婆娑。

结识先生,是在1992年的秋季,当时我尚在读硕士。导师许耀钧教授是先生的迷弟,时常提起先生乃学界泰斗,且热心提携后生,还是我的泉州前辈,鼓励我主动投奔,多多请教。而我,毕竟是偏远山区的农村小孩,生性腼腆。先生用他独特的慈祥与亲和接纳了我,感化了我。每次,基本上是中午,研究生楼传达室的大爷拿着手提喇叭在楼下喊:"5366宿舍——苏老师来电话了",我都是骤然起身,急冲一楼,一种幸福的归属感让全身都轻飘起来、骄傲起来。

　　在硕士生阶段,追随着先生,具体参与了上海泉州侨乡开发协会、中国国民经济管理学会的大量事务性工作,让我长了见识、拓宽了眼界。难忘那些日子,在华侨新村的先生家里,和先生一起起草的每一份会议通知、会议议程、发言提纲,基本上是先生口述,我打字。当时,先生家里的保姆是位苏北老阿姨,烧的一手纯正苏北菜。先生家里的窗帘是酱红色的,以至于我在有了自己的房子之后,一直觉得装上酱红色的窗帘才够得上大气、够得上庄重。

　　拜师先生,全在于先生的鼓励和鞭策。硕士生阶段,是绝对未曾想过要继续攻读博士的。家境贫寒是一方面,而当时,上海的金融市场方兴未艾,身边同学一个个在证券公司、期货公司找到职位,对我也是个很大的诱惑。先生一再教诲我,学海无涯,忍受得了寂寞和清贫才能修成正果。1994年的1月,在通过复旦大学统一组织的博士生入学英语考试之后,先生主持的专业课考试只给我出了两道题目,一是关于王熙凤的管理理论,一是关于资本论。面试是芮明杰大师兄主持的,题目忘了,成绩是85分。

　　博士生阶段,先生在学术上对我的耳提面命,让我很快在自己的科研上崭露头角。先生不仅自己指导我,且因为他的学界泰斗地位,他的众多学界好友也把我当成自己的学生一样爱护、一样辅导,包括上海交通大学的张震教授、华东师范大学的陈彪如教授、上海财经大学的杨公朴教授和颜光华教授、上海师范大学的许一经教授、华东政法学院的黄家顺教授等。先生对我生活的关照,更是如父子之情,因为我念博士之时,迟迟没有结婚对象,急坏了先生和师母,尤其是师母,每次见面必定唠叨一番。先生看我全靠每月224.5元的博士生津贴在上海生活,便安排我到他创办的东华国际人才进修学院兼职,每月给我发工资。先生看我衣着寒酸,还把他大儿子在日本买的一件西服送给我,这也是我在读博期间唯一的一件高档西服。

博士毕业之后,先生推荐我到上海财经大学做博士后,师从他的一生好友杨公朴教授。博士后出站,我没有听从先生的劝告留在上海,而是回到福建,当了一名公务员。1998年的夏天,我上门拜别先生,先生的眼神透露着忧伤,是一种离别的忧伤,但还是字句铿锵鼓励我,从政之路必定艰辛,一定要利用自己所学的知识,立志做大事,而不是立志做大官,一定要经受得住各种诱惑,始终保持一身正气、两袖清风。

回闽工作已23年,师恩难忘,师训永远铭记心间。怎奈沪闽千里之隔,虽时常挂念,时有拜访,然长陪不克、嘘问有隙,每念及此,憾痛绵绵!

今日先生头七,公务缠身,未能前往上海龙华参加追悼,实属学生不孝。写下这篇回忆,兹当祭奠,聊表孝忱。

(作者:陈荣辉)

6

恩师无疆!怀念无限! 我是苏老师受聘复旦大学首席教授的1998年进入应用经济学博士后流动站,师从恩师聚焦政府与企业关系研究的。参与过苏老师主编的教育部21世纪主干教材《产业经济学》,撰写"产业政策"篇章。恩师指导我完成了高质量的出站报告——《国有企业经营创新比较研究——政府与企业关系视角》,后由国务院直属出版社资助出版。2001年9月,我响应西部大开发号召,参加中央"博士服务团"赴陕西挂职锻炼,后经陕西省委挽留和复旦党委批准、秦绍德书记支持,留陕工作至今,现任陕西学前师范学院副校长。其间与苏勇师兄在西部相聚过,感到格外亲切。很遗憾,手头找不到同苏老师的单独合影了,因当时还没流行手机拍照。但恩师永远活在弟子心里。祈愿苏老师一路走好,安息九泉!

(作者:文明)

7

虽然近距离与苏老只有一次握手、一次拍照、一次登门拜访、一次聆听教诲,但是他那慈祥和蔼、思维敏捷、见解深刻、亲切谦逊的形象在我脑海里永不消逝!

(作者:上海交通大学石金涛教授)

8

早晨打开手机,收到昨天晚上师兄何志毅、颜世富等先后发来的短信,告知恩师苏东水先生于昨天清晨不幸逝世。闻噩耗,心悲痛。这里发表一篇旧文,重温老师给我的教诲,感念师恩,愿先生一路走好。

……

苏老师在三十年前创建了东方管理学派,提出了以"三为"思想为核心的东方管理理论体系。他努力把以中国传统管理智慧为基础的东方管理思想推向世界,与国际管理学界建立了广泛的联系。作为学生,从苏老师那里学到的不仅是知识与研究学问的方法,更重要的是学到了他不断超越自己的人生态度。

我参加过苏老师的东方管理论坛,也努力走进苏老师的研究团队,但终究因为行政事务缠身和工作领域不同而无法专心研究东方管理的问题。但是我一直关注着老师的研究动态,关注着师兄妹们的研究成果。我发起的新教育试验,也一直以老师的精神为榜样,在理论建构和实践探索上且思且行。

我说过,好老师是学生生命中的贵人,而不是匠人。匠人只教书,不育人,贵人不但教书,而且育人。苏老师对我进行的言传身教,不是一句师恩难忘可以概括的,而是真切成为我生命中的一部分。得遇良师,是人生至幸。我和苏老师的其他学生一样,都是幸运的。我相信,我们这些学生也一定会努力成长,努力成为老师的欣慰和骄傲。

(作者:朱永新)

左一为朱永新

9

6月13日早晨我照例去游泳，未能接到宗伟电话，回家后看手机微信，惊悉复旦大学首席教授恩师苏东水先生已经于凌晨4点07分驾鹤仙去，如雷击顶，万分悲痛，不能自持。我是先生的最早期弟子之一，受教多年，毕业留校后又成为先生教学与研究助手多年，一直受惠于先生的思想、学问与为人。

先生是复旦大学管理学科的创始人与奠基人之一，同时开宗立派，他以"以人为本、以德为先、人为为人"为核心理念，建立了东方管理理论，开创了东方管理学科，推动了东方管理在中国的实践，确立了世界管理科学中第一个由中国人建立的学派，在全世界管理学界影响日盛，获得广泛赞誉。

先生也是复旦大学产业经济学科发展的领导人。在他领导下，复旦的产业经济硕士点建于1983年，产业经济博士点建于1986年。特别重要的是，在先生领导下，我们复旦产业经济学科（当时叫工业经济）1987年成为首批国家重点学科后，2000年再次被教育部评为国家重点学科，在全国影响力巨大。

回想起自己能够有幸投入先生门下，正是因先生对我的耳提面命以及时时教诲，我才有了今天，此乃大恩！

先生千古！

（作者：芮明杰）

右一为芮明杰

10.深切悼念导师苏东水先生

今天真的要向苏东水先生告别了! 永远地告别了!

苏东水先生于2021年6月13日在上海逝世,永远离开了他至爱的亲人,也永远离开了他难舍的弟子。

悼念苏东水先生,不仅因为他是东方管理学创始人、著名经济与管理学家、复旦大学首席教授,更因为他是我崇敬的博士生导师。这几天,我和我的同门们都沉浸在先生离开我们的悲痛之中,同时也触发了我与先生过往相处的回忆。

右一为任浩

第一次不期相识

记得是在1986年的冬天,《中国企业发展年鉴》在南京路上的上海展览馆小礼堂举行新闻发布会。当天,市政府经委和复旦等单位的负责人参加了会议,我因为主持会议坐在前排的主席台上,恰巧与时任复旦大学管理学院企管系主任苏东水相邻而坐,这是我第一次见到先生。在我请他讲话之后,我们俩开始在台上低声交流,他问了我的经历和未来的打算,鼓励我读他管理专业的博士。

当时的我,刚从复旦经济学硕士毕业留校任教。不久前,我的硕士生导师——著名经济学家蒋学模先生也问起我是否想读经济学博士? 考虑到刚留校任教需要花时间准备,而且当时社会正处在改革开放的早期大变动中,自己也不同程度地参与了政府改革和企业管理的事务,我当时对这些更有兴趣,就没有意识到读博在后来有那么大的重要性。尽管当时复旦经济与管理两位名教授几乎同时给了我读博的机会,尽管当时我没有立即读博,但读博的种子被种上了。尤其是与苏先生当面的交流,他的谈吐、他对晚辈提携的真情使我久久铭记在心。这颗种子终于在1992年,随着我担任内贸部直属企业领导后,体验了国企的决策与日常管理事务,也遇到了国企管理中的许多问题,这才促使我感到是时候读管理专业的博士了。时隔8年后的1994年,我向苏先生表达了读博的愿望,再次得到了先生热情的首肯,终于在当年成为苏先生的博士生。

读博期间,在与先生的多次探讨与交流中,先生鼓励我的研究选题可以结合国企领导的经历和本硕经济学专业的理论基础,最后确定了将国有企业结构研究作为我的博士论文选题,并于1997年12月通过了复旦大学博士论文答辩。

参与'97世界管理大会的筹备

读博期间,参与了先生《中国沿海经济发展战略》《产业经济学》《中国国民经济管理学》等不少课题和著作的研究,但适逢先生争取到了世界管理学者联盟'97世界管理大会在中国上海举办,这是当时在国内举办的管理类国际性程度高、规模大的一次大会。因此,参与大会筹备就成了先生交给我的一件义不容辞的事情,也成为当时在读同门的一个义不容辞的任务。

没想到会议筹备那么困难。人员、经费、办公场所、具备国际联系功能的办公设施等都是"无"的条件,尤其困惑的是,国内主办单位一直定不下来,甚至还受到了来自有关组织和人的反对。

但是苏先生喜怒不形于色,带领大家依然兵来将挡、水来土掩。直属组织不同意,那就与校内兄弟院所合作;校内不同意,那就与外部兄弟院校联系合作。最后,终于解决了国内主办单位的问题,在临近大会前终于拿到了国家教育部同意主办国际会议的批文。大会上,以苏先生为代表的一批国内管理学者集中就东方管理思想与国际学者进行了广泛交流,树立了东方管理思想在国际上的影响力;同时在国内主流媒体,如新华社、《人民日报》《文汇报》等大量报道下,东方管理思想和东方管理学在国内也得到了空前传播。

创学艰难事竟成

创学艰难,这是同门颜世富(上海交通大学经济与管理学院东方管理研究中心主任)对苏先生一路来的感叹。

我曾参与先生在创立东方管理学派过程中的一些工作,也深深感受到先生创学一路不易。细细想来原因可能有二:

一要做大事。苏先生胸怀大志、想做前人未做未成的事,如东方管理学派创立等。二在体制外做。苏先生曾担任复旦管理学院企管系主任(我第一次遇见苏先生时的任职),但大多数时间在复旦不担任实际领导职务,而且做的事和方式常常与基层组织的考核方式等不尽一致。这些也加大了难度。

但为什么又竟成?我想苏先生创学不易而事成,主要原因在于苏先生是为世事、为国、为人办事,同时他又广结善缘,所以得道多助。苏先生在1998年元旦曾慷慨激昂地填了首《满江红》,在词中先生表达了创学过程中"遇险阻,协力冲"的坚韧精神。最近,也看了许多同门和朋友的回忆,大家不约而同地谈到了苏先生平等待人、乐意助人的美德。我想正是这些美德,使先生在创学过程中能实现"遇险阻,协力冲。干劲足,效果隆"。从这个意义上说,这也是苏先生自己倡导并践行"以人为本、以德为先、人为为人"的结果。

先生走了!但先生的思想和精神永在!

(作者:任浩)

11

疫情过后,和志阳一起去看老师,虽然老师刚从医院回到家中,但是见到我们两个来了,拉上宗伟,一起开心地和我们交流。老师特别细心地问我在北大工作的情况,问志阳孩子读书的情况,还和我们一起回顾过去几届东方管理论坛的话题。拜访要结束的时候,老师还招呼师母和我们一起照相,老师温暖的笑容就这样定格在我的心里。

后排中间为陈春花

老师，对学生而言是一生的际遇。我因为人生中遇到苏老师，开启了中国管理理论研究之旅，拥有了中国管理理论研究的情缘。我和苏门弟子一般的幸运，得遇良师，获致发展，得以继续创造价值。而今思念老师，知道要做的就是，努力在教书育人、理论构建与实践探索上，沿着老师开创的东方管理学研究之路踏实前行。

……

今天送别导师！每次与老师相见，老师都会紧握我们的手。这一次紧握的却是一枝菊。我紧紧握它，眼中依然是老师温和而又明亮的容颜。在老师那里，育人与立说，就是他的生命意义。所以无论周遭环境如何，他始终保持若水的心境。老师总是让我想起一句话："一个人只有自美，才有权利接近他美。"他不断超越，也因此成为知识本身。对于创立东方管理学，老师没有什么机遇，而是自己创造了这个机遇，这份纯粹的创造，让老师成为灯塔。一位"春暖花开"（微信公众号名）的读者，也赶来送别，看到挽联时，亦看到生命非凡的意义与力量！

（作者：陈春花）

12

因为早知道恩师苏东水教授近日又住进医院，可医院又不准许探望，所以只能靠和苏宗伟教授电话沟通信息。而当6月13日一早，电话那头响起宗伟教授的声音时，我便预感会有不好消息，果然……

自老师13日仙逝之后，近几天一直心绪不宁。回想跟随东水老师研习东方管理30年，所有情景历历在目。

在1990年秋天的一个晚上,我应约来到了苏老师家中,就企业文化和管理的若干问题向苏老师请教。当我坐在苏老师家的客厅,听着苏老师深刻阐述他对管理文化的精辟见解,真有拨云见日、如沐春风之感。

苏老师作为一个管理学家,不仅对管理学动态了如指掌,而且对我这样一个当时还处于管理学圈外的年轻学子,在企业文化方面所做的一点基础研究工作也已经给予很高关注,亲切鼓励我在这方面继续发展,给我指明前进的方向。

在与苏老师的交谈中,苏老师那种温厚敦仁的风范,深深吸引了我,使我终于下定决心,立志要跟随苏老师在管理学领域中做出成绩。尤其使我感动的是,当我在深夜告辞离开时,苏老师不顾我的一再推辞,坚持把我送到楼下门口,并目送我骑车离去。当我回头看见苏老师站在门口的身影时,我的眼睛湿润了。在学术界,有学问的学者并不少,但具备这种仁者风范和人格魅力的大家并不多。

在我追随苏老师30年的研究和教学生涯中,深感苏老师对于管理学界的发展趋势有着清晰的了解和把握,并始终坚持自己的独到见解,对于如何将西方管理学理论与东方社会情境相结合,具有独树一帜的学术观点,在管理学界享有很高声誉。

每次聆听教诲时,苏老师都给我们指出,学术研究要善于创新,要创出自己的特色。苏老师不仅这样教育我们,而且身体力行。

在一般人看来,具备了苏老师这样崇高的学术地位和声望,早就可以功成名就,坐享其成了。但是苏老师依然奋斗不止,这种砥砺前行的奋斗精神,常常使我们自愧不如。

如今,每当我自己在教学研究之余,感到劳累而想稍有松懈时,眼前经常浮现出苏老师勤奋工作的身影,以此作为鞭策自己的楷模和学习的榜样,不敢稍有懈怠。我想,苏老师这种奋发进取的精神,这种奋斗不止的坚强毅力,是值得我们终身学习的。

"天行健,君子以自强不息",这正是苏东水教授几十年来辛勤耕耘的真实写照。如今,苏老师不幸病逝,但可以告慰老师在天之灵的是,您的众多弟子正在各尽所能,不断耕耘,将您创建的东方管理学发扬光大。虽然前方的道路还很长,困难还很多,但我们只要有这种精神,梦想总是会实现的!

(作者:苏勇)

13

6月13日清晨,获悉苏老师不幸病故的噩耗,心里极其悲痛。以前苏老师生病住院我都要抽时间去看他,可这一次他住院一个月,我频繁出差去中西部地区支教和帮助建设,竟没有和他见上最后一面,尤其难过。13日当晚我回沪即去了苏老师家,在他遗像前鞠躬默哀,泪水夺眶而出。

后排左一为陈青洲

38年前(1983年),我在工作了15年之后从工厂考入复旦大学管理科学系工业经济管理专业干部专修班,有幸从此成为苏老师的一名学生。毕业后,我来到作为中国改革开放后建立的首批国家级经济技术开发区之一的上海漕河泾新兴技术开发区参加创业,但也从未间断过在复旦的继续学习以及教学、科研活动。我在苏老师的鼓励下,通过脱产或在职学习,在复旦大学完成了大学本科和研究生阶段的全部课程,获管理学博士学位。我和苏老师共同研讨国家改革开放中的一些重大问题,努力从理论和实践的结合上去阐说,从中我也不断得到他的教诲。我结合工作实际而撰写的《关于知识经济理论与实践的探讨》《立足园区,面向全国,放眼世界》《科技园区管理研究》等文章都得到过苏老师的指导。当知道我在为国内首创的、被英方称为"中英两国政府间的重要合作项目"——由英国宇航集团(BAE)、英国科技园区发展商(Arlington)与漕河泾开发区合作建立的"科技绿洲"(A High-Tech Oasis In China)项目而进行商务谈判时,他十分高兴,并在长达两年多的时间里,一直惦记在心,热情支持我为实现"园区国际化"而努力,直至项目成功签约。后来这个项目不仅建成,而且已经成为一个绿色的、生态的、人本的科技示范园,成为漕河泾开发区"走出去"发展的优秀品牌。

19年前(2002年),我被聘为复旦大学经济管理研究所特邀研究员,有机会和苏老师一起,在整合、利用国家重点大学和国家级开发区双方的"产、学、研"资源,丰富《应用经济学》教学内容,开展教学培训科研等方面共同进行了许多探索。多年来,漕河泾开发区经济总量快速增长,单位土地面积产出和人均产出以及科技产业化水平均居全国开发区前列,而且在转型升级、改革创新等方面也不断取得新突破。苏老师在和我一起分析漕河泾发展原因时概括过四句话,即"区域功能开发的提升,利用外资质量的提高,技术创新环境的完善,土地、人文资源的集约利用",并且勉励我和同事们继续前行。

多年来,苏老师指点我应用东方管理学理论,围绕"人本服务观,和谐管理观,科学发展观",对开发区发展做前瞻性思考,我也有幸参加了苏老师发起的从1997年开始的历届"世界管理论坛暨东方管理论坛",并在他的指导下先后发表了20篇论文,我感恩他。可以说,在学术科研的道路上,在漕河泾开发区发展的各个阶段中都凝聚了苏老师的心血,本人教学研究和开发区工作中的所有成绩都与苏老师分不开。

现在,苏老师离开了我们,但他的教导犹在,我将继续结合我国开发区实际,在探索具有中国特色的科技产业园区可持续发展路径以及探索经济管理教学规律、开拓东方管理研究新领域的事业中努力工作,多出实际成果,以此作为对老师的最好回报。

本人将继续从以下四个方面作出努力:一是遵循"三为"思想,二是追求"无为而治"境界,三是践行"人类命运共同体"理念,四是学习老师风范。

……

车有到站的时候,船有靠岸的时候,每一件工作都有告一段落的时候。我今天已经退休,但是作为苏老师的学生,为祖国、为人民服务的人生永远是"正在进行时"。

(作者:陈青洲)

14

6月13日,听闻恩师苏东水教授因病不治驾鹤西去,心中悲痛万分。今日,是恩师的遗体告别仪式,我们将怀着沉痛的心情送别恩师,虽要告别,但师恩难忘、师情永存。

……

虽不是老师门下最早期的弟子,但有幸于1999年起跟随老师学习产业经济,受教于老师、被老师的思想影响浸润,已是此生大幸。苏老师以"以人为本、以德为先、人

为为人"为核心理念建立了东方管理理论并开创了东方管理学科,影响了全球管理学界。苏老师的管理思想也让像我这样的企业当家人受益匪浅。

……

苏老师"以人为本、以德为先、人为为人"的有东方特色的国际化管理思想理念给我创立九如城以及对九如城的企业管理,带来了很大的帮助。从自身到员工管理,再到经营理念和客户服务,方方面面皆可从老师的这条核心思想蔓延生发。

因此,要说苏老师的思想推动着我和我的企业不断前行,实不为过。

如今恩师仙去,世人缅怀。我会和所有苏门弟子一样,为遇此良师而感恩,努力践行恩师之思想,持续创造更多价值,不负恩师耕耘一生、倾囊相授。

(作者:谈义良)

15

人生的海里,我有幸和同门们踏上您这一艘渡船,海的深邃和博大融进了我们的追求和向往,海水的激荡汹涌使我们更加坚实和坚强。我们的船儿虽不宽阔但充满韵味,时时感受到的总是一种四海同心、风雨同舟的激励和滋养。

您时常说,众人拾柴火焰高,大河有水小河满。社会要发展,个人要成长,我们必须建立一个共同体,这个共同体是我们结伴成长的地方,更是我们一生的精神家园。

还记得和您走在春天的校园里,您指着身旁的樱花说,你看,樱花的魅力在哪里?樱花的魅力在于每一朵小花都竭尽全力,忘掉小我,才有了集体中的灿烂升华。这也

是我们东方管理的独特魅力。

我们的课不时有慕名而来的听者,记得有段时间有一个口齿不清、其貌不扬的人常来蹭课,还常常没有礼貌地打断您的话,我就对他不太客气,您让我给他倒水时我很不愿意,故意把水洒了。您居然马上给他道歉,继续百般耐心地对待他。事后我羞愧不已,您用您的言传身教教我该如何做人。

在进入复旦前,我极度不自信,和科班出身年纪轻的同学比,我是从贵州山村来的少数民族,单亲妈妈,走了很多弯路,开过茶馆,开过广告公司,进过乡镇企业,落魄时甚至在成都街头卖过烧烤,学业基础不牢。

遇到您何其幸运! 第一次见到您就被您的温暖亲切笑容深深感染,一下子就有见到亲人的感觉! 您和师母在学习和生活上一直关心照顾我,师母亲手烹制的福建大鱼丸令我大饱口福,更温暖了我的心。您还带我们去欧洲参加了世界管理大会,您总是鼓励我,让我消除了用英语发言的紧张。我第一次看到外国的月亮的确不比我贵州家乡的更明亮,我也是第一次知道您的父亲也是中医,也帮人家正骨,我第一次开始正视我父亲的民族医疗(之前我一直觉得他"非法"行医,不科学),逐渐变得自信起来。

知道我来自民族地区,您还说对民族地区发展衡量的标准不应仅仅从经济和政治两个维度,更需要自然、历史和文化的视角,着眼于未来乃至世界。贵州和民族地区的神秘自然风光、各族群独特的风情和生存智慧,从古至今的移民文化的和谐相处,在世界文化冲突加剧和现代化弊端凸显的今天,更具典型意义。

敬爱的苏老师,从2005年成为您的弟子,16年过去了,我没有忘记您的叮咛,我将永远记取您的温暖笑容。

此生,希望像您给我讲过的樱花一样,我就做家乡山野间小小的刺梨花吧,再不起眼,也要努力向周遭的世界传递美好。

(作者:付春)

16

惊闻恩师仙去,悲痛之甚,目眢心怅……

从进入复旦大学工商管理博士后流动站到自复旦留校工作以来,我时时为苏老师侃侃而谈、气度不凡的大家风范而折服和倾倒。苏老师治学严谨、学识渊博,其言传身教和悉心关怀令我终生敬仰和受益。苏老师卓越不凡的组织才能、睿智博学的敏锐思维、鞠躬尽瘁的敬业精神、气度恢宏的人格魅力、德艺双馨的聪明才智、孜孜不倦的务实教诲、平易近人的大家风范、言传身教的工作作风、求实治学的研究态度、出类拔萃的表达能力、体贴入微的人情练达,更令人由衷钦佩和赞叹。

令我深感不安的有三点:一是自己才疏学浅,无法将苏老师的东方管理学思想和观点有效、及时地应用到旅游学科的研究与实践中去;二是平时没能多与苏老师

后排左一为郭英之

进行有效沟通,对许多问题没能及时感悟,使自己走了不少弯路;三是作为学生,我在深切地感受到苏老师人格魅力的同时,也深切地感受到距离苏老师所希望的巨大差距。

多年来,有机会与苏老师的同道挚友以及同门学子有了各种各样直接或间接的交往,深切感受到苏老师对同道挚友的深厚情谊和对莘莘学子的殷切教诲,使我有机会在生活与学生的道路上又认识了许多良师益友,也一起共享过许多快乐时光。他们对事业的执着,常使我由衷钦佩;他们豁达的情怀,常使我感到人生的博大;他们卓越的智慧,常使我万分惊叹;他们超人的才能,常使我自叹不如。从他们身上我常常深感惭愧和内疚,同时也给予了我持久的前进动力。

从1999年至今,我参加了历年的世界管理论坛(暨东方管理论坛),在苏老师组织与筹备管理论坛期间,有幸与苏老师的在学或毕业的硕士、博士、博士后以及师生同门学习,与同道们有了各种往来,深切体会到苏老师以古稀高龄每年组织与筹备管理论坛的操劳、烦琐与不易。而令我深深感动的是,苏老师的同门学子在组织和筹备管理论坛时所表现出的精诚协作与团队合作精神;更重要的是,在每年的管理论坛上,有机会聆听和学习苏老师及其同道挚友与同门学子对东方管理思想的真知灼见,从中受益匪浅,实乃人生一大幸事。

光阴荏苒,雁渡寒潭。随着时间的流逝,我越来越感到,苏老师东方管理学的核心思想实在是太恢宏、太博大、太深邃了! 我心中常常充满着忐忑惶恐,无法掩饰自己的才疏学浅,更惶惶于自己的资质笨拙与愚纳,只能是用今后一生的时间来不断地学习与体会了。

(作者:郭英之)

17

惊悉我尊敬的导师苏东水教授驾鹤仙去,如千钧击顶,顿失左右。想起导师谆谆教诲,泪满襟衫,悲痛不已。记得上次来到您的病床前看望您的时候,您高兴地坐起来拉着我的双手,许久都没有松开。这场景还历历在目。请导师放心,弟子们一定会将您开辟的东方管理思想传遍整个世界。今天是父亲节,愿慈父一样的导师,英灵齐天,精神永驻我辈心间。

(作者:楼屹)

18

2021年6月19日上午,上海大雨滂沱,有一种天地同悲、山河哭泣之感。在简朴而庄重的送别礼仪中,望着一代宗师远去的背影,不由感慨万千!三千年读史尽是功名利禄,九万里悟道终归诗酒田园。苏老一生潜心学问,淡泊名利,教书育人,甘为人梯,著作等身,桃李天下,在世界管理学领域打下浓郁的东方管理学派的烙印,为中国学界赢得世界学界尊重立下了标杆。这样的人生就是成功的人生,就是精彩的人生!他为人谦卑,身上处处洋溢着"温良恭俭让"的古典君子之风,令后辈学生倍感亲切温暖。他的成就不仅仅是学问上的,更是从生活中、从生命的涵养中、在与人互动中散发出来的!这个特征为苏老的事业取得成功奠定了重要基础。这种人格特质与苏老小时候的成长环境有关系,尤其是与早年曾接受过严格的私塾教育有关,幼年精通四

书五经这样的私塾教育,为后来苏老开创"东方管理学"打下了重要的理论基础。如今经过近40年的发展耕耘,东方管理学随着中国经济的崛起在世界范围内的影响力越来越大。今后,无论是谁,只要提到东方管理学,(我们又称"东学"),一定会想到并提到"苏东水"这三个字。苏老一生出版著作100多部,总字数超过2000万字,其中《产业经济学》《东方管理学》是中国管理领域重要的教科书。

(作者:余超林)

19

20年前的5月,当时我还在上海证监局工作,突然接到一项临时性专项工作,去北京中组部干部考试测评中心报到,参与新中国首次国企领导干部的公开选拔工作,作为出题组成员之一负责出具选拔面试题。由于该项工作需要保密,所以我们出题老师全部集中在北京燕山石化招待所进行封闭出题。

　　此次公开选拔的是神华集团负责资本运作的副总经理,面试官除了干部考试测评中心的领导外,还有神华集团董事长、中国证监会副主席等领导干部,我们面试小组的任务就是帮助面试官草拟面试题和参考答案。由于是新中国第一次公开选拔国企领导干部,大家都没经验,一开始工作并不顺利,大家对面试题目是否需要结构化试题以及题目的广度、深度、测试点和参考答案等意见并不统一,工作陷入僵局。正当大家愁眉不展时,两天后的一个傍晚,我国著名经济学家、复旦大学首席教授苏东水带着助手颜世富老师加盟到我们面试小组,大家高兴极了。那时苏老师已经71岁了,但苏老师当天晚上就听取大家汇报,并对出题思路作了清晰梳理,通过苏老师的讲解,很快就解决了我们的困惑,大家钦佩不已,都说不愧为经济学大家。后面我们的出题工作果然很顺利,在大家的共同努力下,我们面试小组草拟了高质量的面试题目,得到了考评中心领导和神华集团领导的高度认可。

　　记得在正式面试当天,我们还不能离开北京,考评中心安排大家去北京郊区房山参观。那时我刚30岁出头,在苏老师面前是小字辈,但苏老师还是叫我老张,以表示对我的尊重,让我深受感动。正是通过这次非常有意义的工作,我切身感受到了苏东水教授的大家风范、人格魅力和高超的学术素养,自己也暗下决心,希望能有机会跟着苏老师进一步学习深造。经过大家的共同努力和严格筛选,工商银行总行国际业务部总经理凌文被正式选聘为神华集团副总经理,该项工作得到了中组部和社会各界的高度评价,为我国通过公开选拔高级国企干部积累了经验,很多优秀的年轻干部通过公开选拔走上了领导干部岗位。

回到上海后,我们几位上海的出题老师一起聚过几次,我也在颜世富老师的陪同下去苏老师家拜访过苏老师,向苏老师表达了想考他的博士生的想法,苏老师鼓励我,让我认真复习,积极迎考。终于在2002年秋天,我顺利考上了苏老师的博士,有幸进入苏门,聆听老师亲切的教诲,感受师母无微不至的关怀。同门师兄师姐的关照,尤其是苏老师一生所倡导的东方管理学,对我自己所从事的管理工作帮助极大,在工作中总会潜移默化地把东方管理学的精髓运用到实践中,取得了很好的效果,收获了很多。

(作者:张志红)

20. 沉痛悼念恩师苏东水教授

6月13日上午,我打开手机微信,惊悉恩师苏东水教授驾鹤仙逝,顿觉五雷轰顶,悲痛欲绝!

我是先生的早期弟子之一,1989年考入复旦大学管理学院工业经济专业,是先生招收的第二届博士研究生,一直受益于先生的言传身教。

先生是国内外享有盛名的管理学家、经济学家和社会活动家、东方管理学派创始人、中国管理学界的一代宗师、复旦大学首席教授、博士生导师。

我是从中学连读到博士研究生,一直没有任何企业管理的实践经验。先生首创的东方管理学倡导"知行合一"。所以在我入学后,先生专门找我促膝长谈,鼓励我在学好理论课程的同时,亲身体验、深入进行调查研究,侧重应用实证研究的方法,总结东方有代表性企业的成败得失,从而形成东方管理学的理论体系和典型案例。

东方管理学必须研究营商环境

攻读博士学位期间,在先生的鼓励和支持下,先生的几个博士生书生创业,成立了"上海贝斯特实业有限公司"和"上海贝斯特工业发展有限公司",在浦东新区开发占地30亩的"莱茵别墅"项目,在松江区开发占地1200亩的"美国工业村"房地产项目,在江苏宜兴合资建设"贝斯特国际大酒店"项目。正当我们生意兴隆,公司开始盈利之时,国家全面实施宏观调控,房地产开发一落千丈,已经销售出去的土地也要求退款,不得已公司清盘了。

经过这次创业历练,我们对中国特色的营商环境有了深刻的认识。东方管理学的研究不能离开国家的基本国情,东方管理学首先要研究企业所在国家的营商环境!

东方管理学应该以实证研究为基础

我博士研究生毕业后,职业生涯规划有几个选项:出国留学、从政、留校任教和经商,为此,我专程去请教先生。先生详细分析了每个选项的利弊,鼓励我选择了最有风险、最具挑战性的企业经营管理。先生殷切希望我能在企业管理实践中,广泛研究东方企业,尤其是华人企业成败的经验教训,应用实证研究的方法,从中总结出东方管理学的规律。

博士研究生毕业后,我主持并参与过中银信托公司和多家上市公司的购并与重组工作,参与了"国有企业托管研究"等国家级重点课题的研究工作,曾担任广发银行广发投资控股公司总裁助理、跨国公司三林集团中国区总裁、民营宜富投资管理公司董事长等职务。在工作中,我得以和改革开放以来的知名企业家有过交集,得以近距离观察研究他们,比如万科的王石、复星集团的郭广昌、椰树集团的王光新、首创集团的刘晓光、中房集团的孟晓苏等。采用实证研究的方法,我总结了逾千家东方企业成败得失的经验和教训。

东方管理学要突出企业家文化的研究

先生作为东方管理学派的首倡者,为弘扬以中华优秀文化为核心的东方管理思想,自20世纪70年代中期起,经历艰苦探索,寻求古今中外管理学科之精华,首次提出了东方管理的"以人为本、以德为先、人为为人"的"三为"创新观念,并在国内外得到了广泛传播与应用。

我根据先生的指导,侧重从企业家的视角,研究成功的企业家有什么共同点。经过30多年的跟踪研究,我发现成功的企业家在为人方面有六点共性:懂感恩,有爱心,孝顺父母,至诚待人,尊重他人,活在当下。成功的企业家在处事方面也有六点共性:信誉至上,勇于担当,创新,勤奋,节俭,持之以恒。

自己能够有幸师从大师,先生对我的教诲和期望时时回响耳边,纪念恩师的最好方式是继承和发扬光大"东方管理学",为此,金都经济研究院成立了"东方管理研究所",约请苏门弟子和知名专家共同探讨,争取每年出版一本"东方管理学"研究论文集。

(作者:章一鸣)

21

惊悉恩师苏东水教授仙逝,瞬间心痛不已,泪流不止。当年准备跨校跨专业报考苏先生研究生时,我携刚发表的论文《对创造性思维的研讨》去先生家中拜访求教,先生给予我亲切关怀及指导的情形似乎还在眼前。

先生高度重视学以致用,亲自带领我们去他家乡泉州市参加2000年泉州发展战略课题前期调研工作。20世纪80年代,现代企业经营管理学在中国刚刚兴起,上海科技文献出版社即邀请了沪上高校管理专业部分研究生组成编委会向社会介绍新知。为此,我专门向先生汇报了编写出版的筹划方案。先生听后欣然应允我出任"企业经营新潮丛书"主编,这使包括我在内的沪上各校研究生们倍受鼓舞。

往事点点滴滴、历历在目,师恩没齿难忘,思念永驻心间。先生待我恩重如泰山,您永远活在我的心里!

[作者:金石开(金宝良)]

22

在每一位苏门弟子的记忆中,都有这样特别温暖的一幕:每次去华侨新村看望恩师苏东水先生和师母张云珊女士,准备离开时,两位老人都会将弟子送至门口,再转身走到阳台,目送弟子走出华侨新村的大门。即使在苏先生后来行动不便时,他也要坚持借助支撑架或乘坐轮椅来到阳台上。现在,苏先生永远离开了我们。然而他老人家与师母并肩站在二楼的阳台上,一直挥手,直到弟子背影消逝的那一幕在大家的脑海中始终挥之不去。每每想起这个画面,就忍不住泪目,恩师的余温犹在,他似乎只是和我们暂别而已!

(王国进综合多位苏门弟子的深情回忆撰写)

苏先生夫妇在阳台上送别学生

附录二 复旦师生及社会各界送别苏东水教授[1]

2021年6月19日,上海阴雨。

上午,复旦大学首席教授苏东水先生遗体告别仪式在龙华殡仪馆举行。告别大厅内庄严肃穆,气氛凝重。大厅正前方的挽联上书:"东融西鉴执教六十年师德八方共仰,水长山高著书千万字哲思九天永存。"

复旦大学党委书记焦扬、党委副书记许征、副校长陈志敏等校党政领导,管理学院师生、校友及社会各界350余人怀着悲痛的心情送别苏东水教授。

陈志敏在遗体告别仪式上介绍社会各界哀悼慰问情况,许征宣读苏东水教授生平,管理学院院长陆雄文、苏东水教授学生代表何志毅致追思词。

---

1 本文第一至第三部分原载"复旦大学"和"复旦管院"微信公众号,2021年6月19日;第四部分由苏宗伟教授提供。

一、苏东水先生生平

（许征宣读）

著名经济与管理学家，复旦大学管理学科、管理学院奠基人之一，东方管理学创始人，复旦大学首席教授、博士生导师苏东水先生因病医治无效，于2021年6月13日4时7分在上海逝世，享年91岁。

苏东水先生1930年10月25日出生于福建泉州一个爱国华侨家庭，幼承家学，受过严格的私塾教育，为后来开创东方管理学打下了坚实的传统文化根基。1953年毕业于厦门大学企业管理系。1953年至1956年在重工业部所属单位从事技术、经济、管理等调查研究工作。1956年9月起在上海社会科学院、上海财经大学等单位任教。1972年1月进入复旦大学工作，先后在经济系、经济管理系、管理学院任教，曾担任经济管理系主任，复旦大学经济管理研究所所长和复旦大学东方管理研究中心主任，为复旦大学创建经济管理学科、应用经济学学科以及产业经济学国家重点学科建设做出了重要贡献，被授予"复旦大学首席教授"称号。曾担任国务院学位委员会经济学、应用经济学、工商管理学三个学科评议组成员，是国家重点学科工业经济、产业经济学科学术带头人，全国博士后管理委员会专家组成员，复旦大学学术委员会、学位委员会委员，复旦大学应用经济学博士后流动站和工商管理博士后流动站首届站长等。先后兼任世界管理者协会联盟（IFSAM）中国委员会主席，东方管理科学研究院院长，中国国民经济管理学会会长，上海管理教育学会终身会长、上海泉州侨乡开发协会会长、东方管理联盟主席等。曾受聘担任中共中央组织部高级干部评审专家、上海世博会评审专家等。担任了国内外四十多所高校的兼职教授以及地方政府的决策顾问,同时还协助泉州创办了黎明大学、仰恩大学。

苏东水先生长期致力于经济与管理领域的研究,在改革开放初期首创中国社会主义宏观经济——国民经济管理学科体系,建立了以"人为学"为基础的管理心理学、产业经济学、企业管理学等新学科体系,其所提出的"以人为本、以德为先、人为为人"的东方管理学核心思想得到国内外学术界的广泛认同,东方管理学也成为中华民族在国际管理学界独树一帜的学派。他怀揣民族使命感,全身心投入东方管理学研究,致力于传播立足中国国情和东方文化、独具中国特色和东方特色的东方管理学思想。创立并连续举办了24届世界管理论坛暨东方管理论坛及"国际管理学者协会联盟(IFSAM)'97世界管理大会""国际管理学者协会联盟(IFSAM)2008世界管理大会",组织举办了"'99世界华商管理论坛""东方精英大讲堂"等,矢志推动东方管理学与中国管理学研究走向世界。

苏东水先生著作等身,一生著书百余部,共计2000余万字;主持了10多项国家自然科学基金、国家社会科学基金项目以及省、部、市科研项目,荣获国家级、省部级特等奖、一等奖10余次;在《中国社会科学》《管理世界》《中国工业经济》发表300余篇学术论文;在国际管理学者协会联盟(IFSAM)历届世界管理大会上,多次发表弘扬东方管理文化、东方管理走向世界等主题报告,促进中国管理学科发展及走向世界。

苏东水先生热爱高等教育事业,甘为人梯,乐育英才,修己安人,知行合一。直接指导了博士后、博士研究生、硕士研究生380多人,桃李遍天下。培养的学生中涌现出一批突出的人才,并成为各行各业的栋梁,在我国经济和社会发展的各个岗位上发挥着积极和重要的作用,其中很多学生已成为著名学者、卓越的领导干部或杰出企业家。

鉴于其对中国经济和管理学科发展的杰出贡献,苏东水先生被国务院表彰为"发展中国高等教育事业有突出贡献专家",享受国务院特殊津贴;被英国剑桥大学评为"世界有突出贡献名人";2014年获评第四届中国管理科学学会学术类"管理科学奖";2018年获复旦管理学终身成就奖。

2020年,九十高龄的苏东水先生在复旦大学管理学院发起成立"苏东水管理教育基金",其宗旨就是为了积极推动东方管理学科建设,推广和传播东方管理研究领域优秀成果,不断发现、培养和表彰在东方管理学研究和实践应用中涌现出的年轻学子和杰出企业家,扩大东方管理学的学术影响力,为世界贡献中国管理学界的声音。

苏东水先生素以"路漫漫其修远兮,吾将上下而求索"自勉,在浩瀚的经济学与管理学研究中,开宗立派,诲人不倦;通过建构东方管理学理论体系,将东方文化思想的智慧光辉投射到当今社会的实践之中,让中国管理学研究走上了世界科研的广阔舞台,以人为之学关怀个体、福泽社会。今天,苏东水先生永远地离开了我们,但是他对科学研究殚精竭虑的精神,对人才培养兢兢业业的态度以及为人为师谦逊温和的品格,永远值得我们学习和敬仰。

敬爱的苏东水先生,愿您一路走好!

二、推动苏老师开创的东方管理学创新发展

(复旦大学管理学院院长陆雄文所致追思词)

尊敬的各位领导,苏师母,苏老师的各位至爱亲朋,东水同学会的各位同学,各位来宾、各位同事:

今天,我们怀着无比沉痛的心情,在这里送别我们尊敬的苏东水教授。我谨代表复旦大学管理学院,对苏老师的去世表示最深切的哀悼,向苏老师的家属致以最诚挚的问候。

苏老师是复旦大学管理学科和管理学院的创始人之一。1977年,复旦恢复管理教育后,苏老师参与早期的筹备工作;1985年,管理学院经教育部批准恢复设立,当时管理学院设两个系,管理科学系和经济管理系,苏老师担任经济管理系第一任系主

任；1987年，管理学院经济管理研究所成立，苏老师担任所长。可以说苏老师是管理学院半壁江山的开拓者和奠基人。他为复旦大学工商管理学科和产业经济学科的发展及整个管理学院的建设发展做出了重大贡献。

苏老师是成就斐然的理论家、教育家，他热爱高等教育事业，将毕生奉献于著书立说、教书育人的伟大事业中。他的研究领域涉及国民经济管理、工业经济、产业经济、区域经济、企业管理、东方管理、人为科学和管理心理学等学科，积累了丰富的学术思想。他发表学术论文300余篇，著作等身，达到百余部，共计2000余万字。其主编的《中国国民经济管理学》，先后出版发行了500多万册，获得了国家教委高校优秀教材一等奖、全国优秀图书一等奖、上海市社会科学优秀著作一等奖等奖项。该书除了在学术界备受关注以外，中共中央组织部、宣传部、国家经委等国家有关领导也给予了充分肯定，作为全国党政经济管理通用教材推广使用。

苏老师在学术上的重大贡献就是创建了东方管理学。早在20世纪70年代末，苏老师就开始探索融合古今中外、根植于中国传统文化与现实土壤的、具有东方特色特别是中国特色的东方管理模式，代表作有《中国管理通鉴》；他主持完成国家自然科学基金项目"东方管理学思想研究"，并出版了《东方管理》一书；苏老师在我院创立了东方管理研究中心，连续举办了24届世界管理论坛暨东方管理论坛，为促进东方管理学科发展以及同世界管理界交流做出了重要贡献。

苏老师执教半个多世纪以来，虚怀若谷，勤奋治学，甘为人梯，授课几十门，育人上百千。苏老师的学生遍及全球，在各行各业特别是我国经济和社会发展的各个领域发挥了重要作用，其中不乏一批突出的学者、高级领导干部和杰出企业家。苏老师本人因此曾被国务院表彰为"发展中国高等教育事业有突出贡献专家"，获复旦管理学终身成就奖。

苏老师还是复旦知识分子的楷模，是"巩固学校、维护国家"的代表。他一生淡泊名利、正直担当、平易近人、有情有义。他热爱国家，十分注重将教学、科研与中国社会经济发展的现实紧密结合，先后承担了十多项国家、省部委的重点课题和决策咨询项目，还曾担任上海市政协委员，为我国经济体制改革、地区经济发展和企业管理水平提升献计献策、贡献智慧。

苏老师热爱家乡，1986年开展"泉州发展战略研究"，首次提出了"泉州模式"。

苏老师1972年起在复旦工作，再也没有离开过复旦。他创立东方管理学派以后，许多高校纷纷请他出任各种职务，但他始终以复旦首席教授为自豪，始终以复旦为东方管理学大本营，领导、指导全国东方管理学的研究与人才培养。2020年，他还以九十高龄、出资100万元人民币发起成立了"苏东水基金",旨在培养和表彰在东方管理学研究和实践中涌现出来的年轻学子和杰出企业家。

惊闻苏老师逝世,我院全院师生员工、广大校友悲痛不已。苏老师和蔼亲切的形象深入人心;苏老师为人、为师、为学的高尚品格将始终激励全院师生员工为创建世界一流管理学院而努力!

苏老师的逝世是复旦大学管理学院乃至中国经济学界和管理学界不可挽回的重大损失。我们将深切缅怀苏老师,积极推动苏老师开创的东方管理学不断创新发展,使之发扬光大,百世流芳。

愿苏老师安息!

三、将导师创立的东方管理学派发扬光大

(东水同学会代表何志毅所致追思词)

尊敬的各位领导、学界同仁、苏老师好友故旧,敬爱的张云珊师母和苏老师至亲,亲爱的苏门同学们:

今天,我们怀着万分悲痛的心情,在这里悼念我们敬爱的老师苏东水教授,向他作最后的告别。我在此代表东水同学会的380余名博士、博士后、硕士和受教于老师的数千各类学生,向在场和因故未能到场以各种方式对老师表达悼念的领导、老师亲

友、前辈、同学和海外友人,以及诸多大学、经济管理学院、商学院,国际管理学者联盟(IFSAM)等海内外学术及各种团体,表示最诚挚的感谢。

老师的一生是学贯东西、知行合一、智慧通达的一生;老师的一生是优雅从容、博爱无私、广结善缘的一生;老师的一生是有教无类、诲人不倦、灿烂辉煌的一生;老师的一生是立德、立言、立功的一生。有师如此,实为我辈之幸!

导师虽逝,但其思想之树长青,学生们一定致力于将导师创立的东方管理学派发扬光大,将东方管理理论谱写在祖国和世界的大地上,为社会贡献东方管理智慧,不负导师教诲、不负学校培育、不负社会期待。

敬爱的老师,我们每一位学生的心中都深藏着与您一起度过的美好人生画卷,您和师母在阳台上目送我们,挥手道别的情景,是每一位学生心中最温暖的记忆!

作为老师的学生,我们永感师恩、永念师德、永记师语,"以人为本、以德为先、人为为人"。让我们再一次向我们的学业导师、人生导师、精神导师苏东水教授致以最后的、神圣的谢意、敬意和爱意!

老师,您永远活在我们心中! 如果有来世,我们还愿与您再续师生之缘!

四、心怀感恩,永铭于心——在父亲告别仪式上的答谢词

(苏宗伟)

各位领导、各位来宾、各位亲朋好友:

今天,我们全家,怀着万分悲痛的心情,在这里深深悼念我亲爱的父亲苏东水先生。

我是苏宗伟。在父亲的六个子女中,我排行最小。因为我在上海工作生活,所以在最近几十年中,我和父亲相处相依的时间较多。这次父亲住院,虽时时牵挂和不安,但我总觉得父亲生命力旺盛,一定可以再挺过来。

6月12日上午,我起床就看病房的视频,看到阿姨在问父亲:你想不想阿伟? 父亲清晰地回答:想。阿姨又问,你想不想其他人呢? 父亲充满感情地回答,我也想。看到这里,我们非常欣慰和高兴。下午,我和太太、女儿三人接了我二姐到病房探视,父亲同我们有问有答、有说有笑,十分轻松愉快。我以为父亲会很快康复;我以为父亲今后依然会和往常一样,给我很多教导和鼓励;我以为父亲可以继续与我们谈笑风生,给我们年轻的人生注入新的活力。万万没有想到,事与愿违。那一天,竟然就是我与亲爱的父亲最后一次对话,最后一次见面!

从此,我们父子天人永隔,再不相见!我和我们全家,从此永远失去了最慈爱的长辈——我亲爱的父亲!

父亲,出生于福建一个大家族。作为长子,他有九个兄弟姐妹。自小,他受益于中国传统文化熏陶,也受家族刻苦耐劳精神的影响,独立自强,勤奋读书,很早就协助父母担起家庭生活的重担。

1953年于厦门大学毕业后,父亲与母亲成婚。在相当长的时间里,父亲为新中国的建设走南闯北,与母亲两地分居,聚少离多。但是父亲对母亲细腻的爱和忠诚不变的体贴照顾,我们子女都能真切体验。我敢说,我的父母是我们子女和所有亲朋心目中的完美夫妻。同样,父亲对亲戚朋友、对学生们的照应和关心,我们耳濡目染;父亲对子女的教育和培养,我们受益终身。父亲的为人处世、一言一语、一举一动,从来就是我们心目中的榜样和典范。

近半年来,我隐隐感觉到父亲有点老了,记忆渐渐衰退,有时甚至连我的女儿——父亲疼爱的小孙女的名字都会叫错。我母亲想了一个办法,每当我女儿来看祖父,母亲会有意地把一只手放在父亲的心脏部位,父亲立即领悟,马上可以叫出小孙女的名字,再不会叫错。因为父亲疼爱的孙女名字的中间那个字是一个"心"字。

父亲的心里,永远装着我们,装着别人,装着大家。

此时此刻,我的心里充满着对父亲的感激和怀念。亲爱的父亲,因为您,生我、养我,爱我、教我,培育我长大成人。我幸运,我感恩,我以有您这样的父亲而骄傲!

此时此刻,我们全家每一个人回忆历历,哀思绵绵。我们的亲人和我们相处的数不尽的充满关爱和温情的画面在脑海中涌现。此时此刻,亲爱的父亲,我们相信您还没有走远;相信您心中还一直念着我们;相信您此刻还牵挂着与您相伴相爱一生的母亲;相信您现在还可以看到您深爱和深爱您的儿女及家人都围在您身边,恋恋不舍。还有那么多关心您的学生以及亲朋挚友,都在悲哀而深切地怀念您。

我知道,冥冥之中,父亲您一定在注视我们、牵挂我们、无声地祝福我们。我等必将继承先父的遗志,不辜负父亲您对我们的期望。

亲爱的父亲,安息吧!我们会永远把您铭记在心上。

最后,我谨代表我们全家向各位领导、来宾及亲朋好友致以最诚挚的感谢,感谢你们前来参加我父亲的告别仪式,感谢复旦大学及复旦管理学院的领导、东水同学会、国内外高校及海内外的亲朋挚友们,与我们家人一起和我的父亲作最后的告别。

谢谢大家!

附录三 文化自信 立德立言
东水流长 师范千古[1]

—— 东水同学会沉痛悼念恩师苏东水先生

一、大师仙逝，八方悼念

著名经济与管理学家，复旦大学管理学科、管理学院奠基人之一，东方管理学创始人，复旦大学应用经济学等全国重点学科负责人、复旦大学首席教授、博士生导师苏东水先生因病医治无效，于2021年6月13日在上海逝世，享年91岁。

得知苏东水先生逝世的消息，其学生、故友从国内外四面八方赶来悼念。十二届全国政协副主席王家瑞教授专程来沪慰问苏东水老师家属并向老师遗体告别，敬送花圈。中央军民融合发展委员会常务副主任金壮龙博士，十三届全国政协常务委员兼副秘书长、民进中央副主席朱永新教授，上海市人大常委会副主任陈靖博士，中欧国际工商学院院长汪泓教授、东方国际董事长童继生博士，上海国盛集团有限公司董事长兼党委书记寿伟光博士，东水同学会会长何志毅教授，2018国际管理协会联盟（IFSAM）主席张阳教授，东水同学会秘书长史健勇教授以及来自中央企业的赵斌博士、肖云博士等苏门弟子对苏东水老师的离世表示沉痛哀悼，对家属表示诚挚慰问，并积极组织同学会成员投入到紧张的治丧工作之中。未能前来送别的

1原载"上海管理教育学会"微信公众号，2021年6月24日。

苏东水老师生前好友、老同事、国际同行等从世界各地以各种方式对先生的逝世表示沉痛哀悼。

"东融西鉴执教六十年师德八方共仰,水长山高著书千万字哲思九天永存。"6月19日上午,苏东水先生遗体告别仪式在龙华殡仪馆大厅举行。复旦大学党委书记焦扬、党委副书记许征、副校长陈志敏等校领导,管理学院师生、校友及社会各界怀着悲痛的心情送别苏东水先生。在告别仪式开始前,现场参加告别仪式的各界人士纷纷真诚地向先生遗像鞠躬默哀,安静地观看显示屏上滚动播放的苏东水先生纪录片,希冀铭记先生生前每一个精彩瞬间。10点整,在庄严肃穆的哀乐声中告别仪式正式开始,全体送别人员向先生默哀致礼。在遗体告别仪式上,陈志敏副校长介绍了社会各界对先生逝世的哀悼慰问情况,许征副书记宣读了苏东水先生生平,管理学院院长陆雄文、苏东水先生学生代表何志毅致追思词,苏东水先生次子苏宗伟教授代表家属致答谢词,情真意切、感人至深。来自全国各地的社会各界人士350多人到龙华殡仪馆现场参加告别仪式,苏东水先生亲属、生前好友、苏门弟子及其他社会各界人士送来花圈530多件以寄托哀思。整个告别仪式庄严肃穆、简约隆重,充分表达了大家对先生的深切缅怀和沉痛悼念之情。

二、立德立言,圆满一生

苏东水先生,汉族,1930年10月25日出生于福建泉州一个爱国华侨家庭,字仲生,别名长生、德生。苏先生的先祖——宋朝的苏颂是世界上首创钟表的科学家,又是一位贤相,其祖父是在印度尼西亚经营橡胶园的华侨,父亲苏祖鹤义医施药、悬壶济世、乐善好施。其父亲聪颖过人,18岁就自己设计了一幢东方风格的楼房,并在房中挂了一个很大的"善"字。他的这种为善思想对童年的苏先生产生了很大的影响,与后来提出"以人为本、以德为先、人为为人"等有着密切的关系。苏家的家教严格,对子女读书、做事、为人要求都很高,小时候其祖母给他讲了很多孝道方面的故事。6岁时开始上私塾,背诵《三字经》《邀广贤文》《千家诗》等,逐步养成了博闻强记的习惯。之后在家乡又从学振兴、晦明、县中、培元中学、泉州中学等,为后来开创东方管理学打下了坚实的传统文化根基。

苏先生1953年毕业于厦门大学企业管理系,在校期间勤奋刻苦、博览群书,对《资本论》和文学产生了浓厚兴趣,为后来的经济与管理研究打下了坚实基础。1953年至1956年,在中央重工业部的所属单位从事技术、经济、管理等调查研究工作。1956年9月起,在上海社会科学院、上海财经大学等单位任教,从事科研工作。1958年起,开始调研中国乡村小企业。1972年1月起,进入复旦大学工作,先后在复旦大学经济系、经济管理系、经济管理研究所和东方管理研究中心担任系主任、教授、所长和博导。自1976年开始,苏东水就致力于中国特色经济与管理学思想的研究与探索。1986年开展"泉州发展战略研究",首次提出"泉州模式"。1992年1月起被国务院学位委员会聘为经济学学科评议组成员,应用经济学、工商管理学科评议组成员。1997年,在上海组织召开了IFSAM"'97世界管理大会"并任大会主席,来自30多个国家和地区的300余名代表参会,国内外50余家媒体到会采访,《人民日报》称这次会议标志着"东方管理文化在世界叫响"。1998年被授予"复旦大学首席教授"。1999年6月,苏东水创立复旦大学东方管理研究中心和国家重点学科管理心理实验室,并担任研究中心主任。苏东水先生还协力创办黎明大学、仰恩大学和东亚管理学院3所大学并兼任校(院)长。受聘厦门大学、中山大学、上海交通大学、华东师范大学、华东理工大学、上海师范大学、苏州大学等国内外40多所大学兼职教授、博导、特聘教授,为中国经济学科及管理科学的教育做出了卓越贡献。

苏先生是复旦大学管理学科和管理学院的创始人之一。1977年,复旦恢复管理教育后,苏先生参与早期的筹备工作;1985年,管理学院经教育部批准恢复设立,当时管理学院设两个系——管理科学系和经济管理系,苏先生担任经济管理系第一任系主任;1987年,管理学院经济管理研究所成立,苏先生担任所长。可以说,苏先生是管理学院半壁江山的开拓者和奠基人。他为复旦大学工商管理学科和产业经济学科的发展与整个管理学院的建设发展做出了重大贡献。

苏先生热爱家乡,1986年开展"泉州发展战略研究",首次提出了"泉州模式"及其五个特点:股份制的经济形式、外向型的市场经济、国际化的经营道路、侨洋式的生产条件、灵活的经济管理,并提出五个新特点;提出了发展泉台关系和联系世界华商的"五缘理论"(亲缘、地缘、文缘、商缘、神缘)。

苏东水先生长期致力于经济与管理领域研究,在国内较早研究国民经济管理学、应用经济学、工业经济学、产业经济学、企业管理学、东方管理学、人为科学和管理心理学等学科,积累形成了丰富的学术思想。他提出的"以人为本、以德为先、人为为人"的东方管理学核心思想得到国内外学术界的广泛认同,被誉为中国管理学界的一代宗师。他作为学术领路人将东方管理学贯融中西,创建东方管理学派,创立国民经济管理学科理论体系,构建以"人为学"为基础的管理心理学科理论体系,提出基于东方管理"人为学"的产业经济学体系。

苏东水先生著书等身,达到百余部,计2000余万字,主要包括《东方管理文库》18卷、《中国管理通鉴》4卷、《中国企业管理教育丛书》18部、《中国乡镇企业家丛书》8部、《产业经济学(1至5版)》、"东方管理学著系"的"三学"等4部、《世界管理论坛》(15部)以及《应用经济学》《管理心理学》(1至5版)、《中国国民经济管理学》(1至2版)、《中国沿海经济研究》等。他先后主持了"沿海地区经济发展战略研究""著名跨国公司在华竞争战略""东方管理思想研究""虚拟研发组织运行机制与治理结构理论与实证研究"等10多项国际合作、国家自然科学基金、国家社会科学基金项目以及省部市科研项目;荣获国家级、省部级特等奖、一等奖10余次。在《中国社会科学》《管理世界》《中国工业经济》等刊物发表300余篇学术论文。在IFSAM历届世界管理大会上,多次发表"弘扬东方管理文化""东方管理走向世界"等以"东方管理文化"为主题的报告,多方面促进中国管理科学发展。

苏东水热爱高等教育事业,乐育英才,甘为人梯,直接培养了博士后、博士、硕士380多人,受教于先生及培养的本科生、专科生更是难以统计。其中,有很多学生已是誉满学界的博导、硕导,他们又培养了更多的学科子弟。跟随苏教授学习过的人,在事业、生活等方面都有大的发展,他培养的学生已有不少在我国经济和社会发展的各个岗位上发挥了重要作用,成为各行各业的栋梁,涌现出了一批突出的、大有可为的著名学者、领导干部和杰出企业家。

除了科研创新、教书育人,苏先生怀揣民族使命感,全身心投入东方管理学研究,致力于传播立足中国国情和东方文化、独具中国特色和东方特色的东方管理学思想。创立并连续举办了24届世界管理论坛暨东方管理论坛及国际管理学者协会联盟

(IFSAM)"'97世界管理大会"、IFSAM"2008世界管理大会",组织举办了"'99世界华商管理论坛""东方精英大讲堂"等,矢志推动东方管理学与中国管理学研究走向世界。他在IFSAM历届世界管理大会上,多次发表弘扬东方管理文化、东方管理走向世界等主题报告,促进中国管理学科发展及走向世界。

苏先生是成就斐然的理论家、教育家,将毕生奉献于著书立说、教书育人的伟大事业中。其主编的《中国国民经济管理学》,先后出版发行了500多万册,获得了国家教委高校优秀教材一等奖、全国优秀图书一等奖、上海市社会科学优秀著作一等奖等诸多奖项。该书除了在学术界备受关注以外,中共中央组织部、宣传部、国家经委等国家有关领导也给予了充分肯定,作为全国党政经济管理通用教材被推广使用。

鉴于其对中国经济和管理学科发展的杰出贡献,苏东水先生被国务院表彰为"发展中国高等教育事业有突出贡献专家",享受国务院"特殊津贴",被英国剑桥大学评为"世界有突出贡献名人"。2009年,苏东水入选《中欧商业评论》"60年·中国管理20人";2014年,苏东水获评第四届中国管理科学学会学术类"管理科学奖",2018年,获复旦管理学终身成就奖。

三、融合创新,开宗立派

苏东水先生潜心研究四十多年,融合古今中外管理思想精华,开创性地提出了东方管理学。他融合古今中外学说,自成学术体系,将东方管理文化的精华概括为"以人为本、以德为先、人为为人",形成了"学、为、治、行、和"的"五字经"理论体系。

早在20世纪70年代末,苏先生就开始探索融合古今中外、根植于中国传统文化与现实土壤的、具有东方特色特别是中国特色的东方管理模式,代表作有《中国管理通鉴》;他主持完成国家自然科学基金项目"东方管理学思想研究",并出版了《东方管理》一书;连续举办了24届世界管理论坛暨东方管理论坛,为促进东方管理学科发展以及同世界管理界交流做出了重要贡献。

中国管理思想源远流长,苏先生自1976年开始发表研究中国古代管理思想的文章,开设《"红楼梦"经济管理思想》讲座。1986年在《文汇报》上发表《现代管理学中的古为今用》一文,同年,在日本参加的现代化国际研讨会上,苏先生专门介绍了中国现代化管理中古为今用的事例,引起与会专家、学者、企业家高度重视。他们提出要共同合作研究,建立"管理的东方学派"。1990年,苏先生在日本东京国际学术交流会上发表《中国古代行为学派研究》的演讲,之后在日本、美国、法国、西班牙等国家召开的历届世界管理大会上,发表了《中国工业化道路的环境问题》《弘扬东方管理文化,建立中国特色的管理体系》《东方管理文化的探索》《中华文化与管理科学》《无形资产管理》《东方管理文化的复兴》《21世纪东西方管理融合与发展》《当代中国管理科学》《中国管理模式》《中国东方管理学发展》和《论东方管理哲学》等学术演讲。

苏先生历时三年多时间主编的《中国管理通鉴》(要著、人物、名言、技巧四卷,280余万字)于1996年出版。《中国管理通鉴》在广泛搜集占有经、史、子、集等中国传统文化典籍中的管理思想的基础上,对中国传统管理思想进行了一番精心细致的梳理、提炼,内容涉及儒、墨、道、法、兵、纵横、阴阳、杂、农、技等百家流派、人物、思想;"通鉴"对中国传统管理的理论、实践效应等进行全方位的探索和研究。苏先生将这一理论体系概括为治国学、治家学、治生学和治身学。治国学、治家学、治生学、治身学四大系统及其子系统积累的实践经验与学问形成了东方独特的管理文化,形成了自己的管理传统学科体系。这个传统学科体系就管理哲学思想而论,包含道、变、人、威、实、和、器、法、信、筹、谋、术、效、勤、圆十五个要素。苏先生将东方管理的本质概括为"人为为人",在IFSAM"'97世界管理大会"上所作的《面向21世纪的东西方管理文化》的主题报告,使国内外学术界更重视以中华文化为核心的东方管理文化,国内外有50多家新闻媒体报道了此次大会的盛况,国内一家颇有影响的媒体作出了高度的评价,认为这次盛会标志着"东方管理文化在世界叫响"。

苏先生为继续弘扬中华优秀文化,融合古今中外管理学术,出版了《东方管理学》《中国管理学》《华商管理学》等,2021年5月《东方管理学》(英文版)在全球发行。苏东水先生组织撰写的《中国管理通鉴》荣获教育部第二届人文科学研究成果奖、上海市哲学社科一等奖、上海汽车工业教育基金一等奖、上海汽车工业教育基金十年重大成果奖等。"东方管理学思想研究"获得国家自然科学基金项目总评优等。2003年出版的《东方管理》因红色封面和对东方管理的完整阐述,被誉为"红色风暴"。

"人能弘道,非道弘人。"苏东水先生是真正的管理大师,首创东方管理学派,开中国管理学创新发展之先河。放眼天下,治国理政、治企立业、治家教子、治身立命,无有离东方管理"以人为本、以德为先、人为为人"之大道。百年变局,中国崛起,世界东望,东方管理已在世界叫响。苏先生顺应时代潮流,适应实践需要,开宗立派,展现了"为往圣继绝学,为万世开太平"的大担当、大气魄、大格局。

四、师范千古、精神永存

苏东水老师素以"路漫漫其修远兮,吾将上下而求索"自勉,在浩瀚的经济学与管理学研究中,开宗立派,诲人不倦;通过建构东方管理学理论体系,将东方文化思想的智慧光辉投射到当今社会的实践之中,让中国管理学研究走上了世界科研的广阔舞台,以人为之学关怀个体、福泽社会。今天,苏先生永远地离开了我们,但是他对科学研究独树一帜、殚精竭虑的精神,对人才培养兢兢业业、有教无类的态度,为人谦逊温和、甘为人梯的品格,热爱家乡、乐于奉献的家国情怀,永远值得我们敬仰、学习、传承和发扬光大。

1. 文化自信,开宗立派

不管是东方,还是西方,管理产生于共同的劳动活动中。历史表明,最有希望、最有创造性的管理理论往往产生于经济迅速起飞的国家和地区。管理学说的兴盛又总是与"强国""盛事"以及"新纪元"的丰富管理实践密不可分。现代管理学比较著名的一些管理学流派,差不多都是由经济发达国家学者提出的。例如,管理过程学派、人际关系学派、群体行为学派、经验(或案例)学派、社会协作系统学派、社会技术系统学派、系统学派、决策理论学派、数学学派或管理科学学派、权变理论学派,等等。这些国家的职能部门以及企业单位在经济建设和日常管理活动中,需要有先进的管理理论给予指导,同时,人们从丰富活跃的管理实践中也会总结提炼出先进的管理思想。记得《新闻报》1997年8月3日有一篇王娜力的专访:《苏东水:倾心经营"东方管理学派"》,介绍了苏东水老师充满激情的几句话:"中国不是没有管理学,是没有认真研究过,在有生之年我要尽力确立东方管理学派在世界管理学界的地位。"苏先生6岁开始上私塾,背诵《三字经》《增广贤文》《千家诗》等。苏东水老师肩负弘扬中国优秀传统文化的使命感和责任感,以及真切认识到中国传统管理思想的重要性,率领弟子们对中国传统管理智慧进行了挖掘、收集、整理和提高,潜心研究了40余年,出版了《中国管理通鉴》《东方管理》《管理学》《应用经济学》《产业经济学》等惊世之作。世人应该充分认识到,能够早在1976年就开始研究中国管理思想,在西方文化受到崇拜的大潮中,如果没有充分的文化自信、高度的爱国主义精神,是不可能冲破很多艰难险阻,召开东方管理论坛,成立东方管理研究中心(院),发表东方管理系列文章,出版东方管理学系列著作的。

2.家国情怀,信念坚定

苏先生16岁就积极参与爱国运动,并把自己的家作为地下党的交通站,两次差点被抓走。这正证明了老师自小就有强烈的爱国之情。作为福建泉州人,苏东水先生始终心系家乡发展,他以东方管理学的大文化价值观为理论基础,首次提出民营经济发展的"泉州模式",与"苏南模式""温州模式"并称为区域经济发展三大模式,助推了泉州在全国城市知名度的提升。苏先生是家乡巨变的见证者,也是泉州繁荣的推动者。同时,苏先生潜心开展了沿海经济模式、外向型经济研究,提出很多理念和方法被付诸社会主义改革开放的实践中。在行动不便的情况下,仍然关注和心系祖国的发展建设,多次赴福建、北京等地,开展海西经济研究,发表演讲,撰写文章。苏先生用一生在践行习近平总书记强调的"要有信仰、有情怀、有担当,树立高远的理想追求和深沉的家国情怀,努力做对国家、对民族、对人民有贡献的艺术家和学问家"。

3.迎难而上,敢为人先

"迎难而上开新路,只争朝夕创伟业。"苏先生胸怀大志,想做前人未做未成的难事。苏先生是真正的创业者,谋新局敢为人先,开新路不惧艰难。1997年,经苏先生多方努力,IFSAM"'97世界管理大会"在中国上海举办,这是当时在国内举办的管理类国际性程度高、规模大的一次大会。没想到的是,会议的筹备工作遇到很多困难。人员、经费、办公场所、具有国际联系功能的办公设施等都是"无"的条件,尤其困惑的是,国内主办单位一直定不下来,甚至还受到了来自有关组织和领导的反对。但是苏先生喜怒不形于色,带领大家依然兵来将挡、水来土掩。直属组织不同意,就与校内兄弟院所合作;校内不同意,就与外部兄弟院校联系合作。最后终于确定了国内主办单位,在临近大会前拿到了国家教育部同意主办国际会议的批文。在大会上,以苏先生为代表的一批国内管理学者集中就东方管理思想与国际学者进行了广泛交流,树立了东方管理思想在国际上的影响力;同时在国内主流媒体,如新华社、《人民日报》《文汇报》等大量报道下,东方管理思想和东方管理学在国内也得到了空前传播。

正如苏先生为庆祝大会成功举办,于1998年元旦在《满江红》中写道的:"岁首年终,浦江红,今夕不同;东华人,遍数佳绩,心潮涌动;侨乡十年业绩丰,世管大会聚蛟龙;霹雳处,五十家媒介赞庆功;遇险阻,协力冲;干劲足,效果隆;任凭风浪起,稳坐钓船中;管理通鉴获首魁。东方学派齐心攻,再奋斗,复兴建奇功,真英雄!"

4.有教无类,甘为人梯

苏先生一生从教,桃李满天下,育人无数。苏先生是真正的人民教师,心怀学子,有教无类。苏先生的学生,遍布海内外,遍及社会各界,工农政商学兵,既有身居要职的政界官员、功成名就的大企业家,也有贫寒出身的工农子弟,越是困难的学生,苏先生越是关怀备至,以一个人民教师的担当和情怀温暖了很多人,帮助了很多人,成就了很多人。在学问上,苏先生总以平等的态度对待每一个学生,从不厚此薄彼,同时又能根据每一个学生的天资和基础因材施教,不搞一刀切。除了学生外,对于找上门来的各类求教者,苏先生也是以平等的态度与之交流,而且总是耐心地先听对方说话,了解对方,有时候求教者自己都不太清楚自己的问题是什么,苏先生就帮着总结确认,然后有针对性地答疑解惑,尽力使对方有所学、有所悟。苏先生从教六十多年,将自己倡导的"以人为本、以德为先、人为为人"的理念贯穿于教学和对学生的点滴培养之中,实现了知行合一。

5.广结善缘,正直担当

苏先生是东方管理学派创始人,是著名管理学家。创学艰难但终成学派,我们很多学生、同事、好友都曾参与老师在创立东方管理学派过程中的一些工作,深深感受到老师创学一路不易,真切地感受到要做一番事业的艰难,但最终能成。芮明杰、苏勇、任浩、陈春花、颜世富、伍华佳、史健勇、孟勇、余自武等很多苏门弟子都曾感慨道:只要苏先生想做的事情,不管有多少艰难困阻,他总能想方设法、千方百计、广结善缘,最终总会取得圆满成功。细细想来,原因可能有两点:一是要做大事。苏先生胸怀大志、想做前人未做未成的事,如创立东方管理学派等。二是在体制外做。苏先生曾担任管院系主任,但大多数时间不担任行政职务,而且做的事和方式常常与现行的主流并不一致,与基层组织的考核方式等也不一致,这些也更加大了难度。但为什么又能成功呢?原因在于苏先生广结善缘、正直担当。从这个意义上说,这也是苏先生自己倡导并践行以德为先、为人人为的结果,正所谓得道多助。

6.淡泊名利,博爱无私

苏先生还是复旦知识分子的楷模,是"巩固学校、维护国家"的代表。他一生淡泊名利、正直担当、平易近人、有情有义。他十分注重将教学、科研与中国社会经济发展的现实紧密结合,先后承担了十多项国家、省部委的重点课题和决策咨询项目,还曾担任上海市政协委员,为我国经济体制改革、地区经济发展和企业管理水平提升献计献策、贡献智慧。2020年,九十高龄的苏东水先生在复旦大学管理学院发起成立"苏东水管理教育基金",其宗旨就是为了积极推动东方管理学科建设,推广和传播东方管理研究领域优秀成果,不断发现、培养和表彰在东方管理学研究和实践应用中涌现出的年轻学子和杰出企业家,扩大东方管理学的学术影响力,为世界贡献中国管理学界的声音。

苏先生的一生是学贯东西、知行合一、智慧通达的一生;苏先生的一生是优雅从容、博爱无私、广结善缘的一生;苏先生的一生是有教无类、诲人不倦、灿烂辉煌的一生;苏先生的一生是立德、立言、立功的一生。有师如此,实为我辈之幸! 正所谓:东方有师好求真,水滴石穿成大仁;教书育人六十载,授业解惑常躬身。管理之道人为本,理智还需德为根;大道至简在人为,师法圣贤旨为人。

附录四 东方管理学的缘起与未来[1]

中国经济近年来的迅猛发展,已使得中国企业管理得到越来越多国内外学者的关注。从纷繁复杂的历史典籍、独具特色的中国管理实践中提炼出中国管理的经验模式,已经成为中国管理学者的必然使命。而东方管理理论的探索,最初正是源于对西方管理话语霸权的反思,对当代中国经济管理实践及其思考的呼应,对"言必称希腊"式管理研究的批评。

在众多学界同仁对"中国式管理"的探讨过程中,我提出并倡导进行东方管理研究。自1976年我在复旦大学开设"《红楼梦》中的经济管理思想"讲座以来,逐渐提出了"以人为本、以德为先、人为为人"为本质属性的东方管理理论框架。一批学界同仁也开始和我一起致力于东方管理研究与实践。这群致力于东方管理研究的学者被称为"东方管理学派",在国内外管理学界产生了较大的影响。经过近40年的发展,东方管理理论逐步形成了自己独特的框架,国内也出现了"东方管理学"这一全新的学科,招收硕士、博士研究生。虽然取得了一些成绩,但东方管理理论仍需要发展完善,尚需要各位同仁的共同努力,将其进一步推进。借此机会对东方管理研究的过去、现在和未来作一简单的回顾和展望。

历经40多年的努力,我用5个字来概括东方管理学的理论体系:"学""为""治""行""和"。

一、"三学":东西方智慧的交汇

在新经济环境下,只有充分发挥中西方管理理论与实践的各自优势,取长补短,

---

1 本文为苏东水先生在2014年11月召开的第十八届世界管理论坛暨东方管理论坛上的主题报告,该文后收录于《苏东水文集》,复旦大学出版社,2016年。

才能更好地体现东方管理科学性和艺术性协调统一的特点。

有些人对东方管理学存在误解,以为东方管理学是要回到故纸堆里,专门研究中国古代典籍中的管理思想。其实,东方管理学是一门现代的管理学科,它是在融合中外古今管理思想、方法的基础上形成的一门新兴的管理体系。中国管理、西方管理以及华商管理的理论与实践是东方管理学的三大理论资源。

1.中国管理理论与实践

东方管理学根植于东方管理文化。易经的"阴阳"、道家的"无为"、儒家的"仁爱"、佛家的"慈善"、兵家的"用人"、法家的"崇法"等,都是我们深入总结、提炼、进行现代化地创造性转换的基础。如果脱离了这些基于中国传统文化的管理思想,所谓中国式管理理论将是无源之水、无本之木。

在西方,把管理作为一门学科进行系统研究,只不过是最近一百多年的事情。而在中国,有史料可查的管理典籍可以上溯到两千多年前的《尚书》《周礼》。虽然当时并没有形成一个符合现代西方标准的、能够体现各行各业、各种管理工作共同特点的管理学,但史料中所记载的中国管理的组织设计、典章制度构建、信息沟通、物流管理及工程建设等,都令现代人啧啧称奇。

按照文化的传承性来看,这些具体的管理人物和管理事件都必然会在其后的管理实践中留下一定的痕迹,构成东方悠久的管理历史中的重要一环。而所有这些都是我们从事东方管理理论研究的重要资源之一。

2.西方管理理论与实践

东方管理从来就不否认西方管理,也不主张将东西方管理对立起来。东方管理与西方管理应是一种共同发展、相互补充的关系。东方管理的研究绝不能将视野仅仅局限于东方文化情境。相反,会积极跟踪西方管理研究,在把握吃透西方管理精髓的前提下,才能进行研究。只有在深刻理解东西方文化传统的基础上,才能在东西方文化中进行东方文化的定位。

由于中西方文化的差异,传统的中西方管理理论与实践各有不同的优势和劣势。比如,西方管理重分析、重理性、重科学、重法治,却不注重伦理道德的修养,不注重人与自然、人与社会、人与人关系的和谐,更不注重以情感人的管理教育;而中国管理却恰恰相反,它重综合、重感化、重和谐、重仁爱,却不太注意营造法治意识和科学精神。

其实,这两个方面偏重任何一个方面而走向极致都是不可取的。历史上商鞅和韩非等人曾经从根本上否定道德观念对人的制约作用。韩非甚至把所有人与人之间的关系都归结为利害关系，只相信赏罚的作用。他们主张"为治者，不务德而务法"，即从事管理的人主要依靠法制而不能依靠道德。其结果是，他们辅佐的秦国逐渐富国强兵，灭六国而统一中国，取得了巨大的成功。然而却又是严政酷吏，无视社会思想道德对管理的积极作用，最终导致了秦王朝的迅速土崩瓦解。正所谓"灭秦者，秦也，非六国也"。

同样，如果片面强调思想道德意识形态的东西，排斥科学，排斥理性，也会损害经济的增长和发展，造成百业萧条，民不聊生。因此，西方管理理论与实践同样是东方管理学的重要渊源之一。在新经济环境下，只有充分发挥中西方管理理论与实践的各自优势，取长补短，才能更好地体现东方管理学科科学性和艺术性协调统一的特点。

3. 华商管理理论与实践

海外华商取得成功的根本原因就是在多元文化环境中的适应性与创造性。东西方文化具有巨大的互补性，而正是对二者的融合创新，使海外华商具备了独特的经营智慧。

在东西方智慧的交汇点上，海外华人企业家自觉地博取两种经营智慧的长处并创造、提炼、萃取出一种全新的管理范式，促生了一大批在精于经营管理的同时具有强烈社会责任感的海外华商巨富。

中国式管理最迫切需要具备的素质就是适应多元文化结构的管理智慧。因此，华商管理的理论与实践也是东方管理学的重要来源之一。

二、"三为"：管理的本质是什么

许多人仅仅将"以人为本"理解为发挥人的积极性、主动性和创造性，给人们一个充分施展才华的空间。这只是理解了"以人为本"的浅表内涵。

在以上三大理论与实践的基础上，我们提出了"道、变、人、威、实、和、器、法、信、筹、谋、术、效、勤、圆"15个哲学要素，萃取出"以人为本、以德为先、人为为人"的"三为"原理。"三为"试图聚焦的是东方管理文化的本质特征，贯穿东方管理学的主线是什么。

1. 以人为本

"以人为本"业已成为当今媒体、学界使用频率极高的一个词。然而许多人仅仅将"以人为本"理解为发挥人的积极性、主动性和创造性,给人们一个充分施展才华的空间。这只是理解了"以人为本"的浅表内涵。所谓的将人视为企业最重要的资源,其逻辑是人的工具价值论。

与基于工具理性的人本观不同,东方管理学的"以人为本"包含着两层含义:一是将人视为管理的首要因素,一切管理工作都围绕着如何调动人的积极性、主动性和创造性来展开,这是它的浅表内涵;二是通过给人们提供充分施展才华的空间,不断地运用挑战来锻炼人的智力、体力,乃至意志品质,并在此全面发展的基础上,努力实现摆脱自然束缚的自由发展,提高人的生命存在质量。这才是"以人为本"的深层内涵。

现代东方管理之所以强调"以人为本"的本质,是把人作为管理活动的目的而非工具。这首先要求消解传统意义上管理者与被管理者的对立。

2. 以德为先

作为一条基本原则,"以德为先"不仅可运用于治国实践中,而且贯穿于治生、治家、治身实践。对于管理者而言,高水平的道德修养是必备条件之一。正所谓"德者,才之帅也;才者,德之资也"。

在组织管理中,管理者经常要运用权威来指挥和影响组织成员,其中,有些权威是制度所赋予的,另一些则有赖于管理者的个人魅力和其他优秀品质。东方管理学更推崇后者。

对于企业管理而言,除加强内功修炼,形成良好的企业文化和商业信誉外,还得在质量道德、竞争道德与经营管理道德方面加强引导和教育。

3. 人为为人

"人为为人"是指每个人首先要注重自身的行为修养。"正人必先正己",然后从"为人"的角度出发来从事、控制和调整自身的行为,创造一种良好的人际关系和激励环境,使人们能够持久地在激发状态下工作,主观能动性得到充分发挥。

具体来说,"人为为人"概括了管理过程中三对矛盾的统一运用:①义与利的关系问题,我们主张以义取利;②激励与服务的关系问题,管理既是激励更是服务;③"人为"与"为人"的关系问题,个体必须从利他的角度出发,来实现利己的目的。

对任何管理者或被管理者,都有一个从个人行为逐步向为他人服务转变的过程。"人为为人"事实上代表了一种高度的道德境界——有理性的利他行为。这样的人具有比较稳定的道德准则,其行为以是否服务于别人,并提高整个组织的工作绩效为依据。

三、"四治":管理不只关注企业

东方管理学的内容主要包括治国、治生、治家和治身四个方面。它不仅涵盖了管理实践的各个层面,也符合中国儒家"修身、齐家、治国、平天下"的推理逻辑。

"四治"体系是我基于古今中外管理实践而提出的管理范畴论。东方管理学的内容主要包括治国、治生、治家和治身四个方面。它不仅涵盖了管理实践的各个层面,也符合中国儒家"修身、齐家、治国、平天下"的推理逻辑。这与目前一些研究者仅关注企业管理层面的中国式管理不同。

事实上,一些西方学者也主张不能将管理局限为企业管理。比如,巴纳德(Barnard)认为,企业管理只是一般管理理论的一个分支,基本上与管理其他组织没有什么分别。管理大师德鲁克更是认为:"管理是所有组织所特有的和独具特色的工具。"综观德鲁克一生对管理的研究和总结,基本上也是围绕个人的管理、组织的管理和社会的管理三个层面展开。德鲁克的这种思路与东方管理学所讲的修身、齐家、立业、治国思想是相当吻合的。

中华民族数千年来经历了无数次改朝换代和多种外来文化的渗透,积累了丰富而深邃的治国理念、法则和方法。就治国理念而言,最具代表性的有:道法自然、济世兴邦、礼法并举、以民为本等。就治国手段而言,最具代表性的有:无为而治、唯法为治、以德治国等。改革开放以来,中国经济社会建设取得了巨大的成就。所有这些治国的实践、理论、经验都需要提炼、梳理和总结。

东方管理的治生论,是以"德本财末"道德观和"诚、信、义、仁"伦理思想为哲学核心,并以"积蓄之理"为中心,依循所发现的客观经济规律,由此发展出预测、战略计划、市场营销、人事管理和质量管理等方面的方法和技巧。因此,东方管理的治生之道,特别强调以德治生、以义取利,以仁德观建立企业经营的核心理念,强调企业对社会的责任。

俗话说,"家和万事兴"。家庭不仅是个体社会化的最早场所,也是个体外出谋生、创事业的后方根据地。因此,将"治家"纳入企业管理范畴也是相当必要的。中国当代民营经济发展的一种重要形式就是家族制企业的发展。研究中国家族制企业的发展、转型与传承,已成为历史交给我们的重要使命。

治身即自我管理。自我管理是个体成功的关键,也是治家、治生、治国的逻辑基础。在中国传统管理思想中,治身是一个不断提供积功累行的过程,是对自己私欲的克服,也是对自身的身体、心灵、精神、情感、智慧水平的改善。其关键是必须通过主体人的自我认识、自我判断、自我选择和自我努力来实现。因此,治身学既是中国式管理的重要内容之一,也是区别于西方管理的一个重要特色。

四、"五行":"三为""四治"的体现

东方文化特别注重关系互动,"贯西(GUANXI)"也已经为西方学者所关注。诚信是东方人员沟通的基石,而"和合"则是东方人缘沟通的目标。

"五行"管理是指对管理过程中运行的五种行为,即人道行为、人心行为、人缘行为、人谋行为以及人才行为进行管理。它是"三为""四治"理论在实践环节中的具体表现,并分别与现代西方管理学科体系中的管理哲学、管理心理、管理沟通、战略管理以及人力资源管理等相对应。应说明的是,这种对应关系仅仅是指它们所研究的对象类似。从学科的内涵及其所采用的概念体系来看,它们之间是不同的。

人道管理,强调的是在管理过程中必须"得到遵道"。管理者与被管理者之间要形成一种良性互动。管理者必须尊重个体的主观能动性。

人心管理,意指任何管理过程最终的实现都必须通过心理认知环节。在管理实践中,管理者个人对人性的认识、假定决定了其管理方法、哲学。东方管理学认为,过往的人性假设失之偏颇,因而提出"主体人"之假定。

人缘管理,类似管理沟通。东方管理学派基于对传统文化以及华商管理实践的考察,提出了东方"五缘"网络体系(即亲缘、地缘、文缘、商缘、神缘)。这"五缘"网络不仅构成了人际互动的切入点,也是一种极有价值的社会资本。诚信是东方人缘沟通的基石,而和合则是东方人缘沟通的目标。

人谋管理,类似战略管理。中国兵家学说中蕴含着璀璨的谋略思想,这比西方《战争论》中开始涉及战略这一主题要早几千年。我国古代的决策谋略思想可以在现代企业管理中得到充分而有效地转化和运用。

人才管理,类似人力资源管理。人才已成为第一资源:对企业而言,人才是基业长青之根;对于国家而言,人才是强国之本。我国古代关于识才、选才、育才、用才有大量的论述,值得细细归纳提炼。

五、"和合":东方管理的目标

在东方管理"三为""四治"和"五行"的创新运用过程中,均存在各种矛盾的和谐问题。"和谐管理"一直是东方管理研究的重要主题。

"和"为天下大道,是东方管理的主旋律。在东方管理"三为""四治"和"五行"的创新运用过程中,均存在各种矛盾的和谐问题。"和谐管理"一直是东方管理研究的重要主题。"夫和实物,同则不继。以他平他谓之和,故能丰长而物归之;若以同裨同,尽乃弃矣。"(《国语·郑语》)这种和合思想体现在现代企业之间的关系上,就是企业与企业之间不仅存在竞争,更有合作。

和谐观不仅在治生、治家以及治身中得到广泛应用,在治国领域也能得到广泛应用。从国家管理来说,"人为为人"管理的目标就是构建和谐社会。从国际层面来说,"人为为人"管理的目标就是构建竞合有序的国际关系。

历经40多年,东方管理研究已经取得了较多的成果。在社会上,东方管理也日益被公众知悉。"以人为本、以德为先、人为为人"被众多学者、企业家所认同,并在管理实践中被积极采用。东方管理学科的影响已经超越了学术研究,开始延伸到社会生活的其他领域。

下一步,东方管理研究除了继续在大理论上进行讨论,建立更多小的中层理论,能否吸引、组织现在国内从事东方管理研究的学者进行合作,共同推进对一些重要问题的研究?我看这是非常迫切的。单靠某个学者对某一问题的突破,对于一些重大问题的解决可能还是有些力不从心。我认为,我们可以发挥协同力,一起就一些重大问题开展专题研讨。"管理只有永恒的问题,没有终结的答案。"东方管理研究要得到进一步的发展,还需要大家一起齐心协力,共同努力。

附录五 学术六十年，育人十百千[1]

苏东水先生出生于一个爱国华侨家庭。父亲苏祖鹤，母亲黄淑绵，平生慈善，义医济世，兴学济众，爱国爱乡，侨望仰敬，教子积德行善，人为为人，对苏教授一生行为有益。苏教授从小爱国爱民，胸怀大志。早期曾参加爱国运动。1953年，毕业于厦门大学企业管理系。苏教授在校期间勤奋刻苦、博览群书，对《资本论》和文学产生兴趣，为后来的经济与管理知识创新打下了厚实的基础。他从厦门大学毕业后到重工业部任调研员，并曾多次深入工矿企业和农村开展调查研究。自1956年9月起在上海财经学院、上海社会科学院、复旦大学等单位任教，从事实践、教学、科研活动。苏教授学术研究范围包括哲学、经济学、管理学、心理学和伦理学等。苏教授思维敏捷，博闻强记，德艺双馨，涉猎古今中外，将自己的聪明才智倾注于教书育人和追求学问，成果丰硕，获国际、国家级和省部级的特等奖、一等奖十余项，其余奖项多不胜数，主要著作近百部，两千多万字，在管理学、经济学和心理学等学科领域都做出了杰出的贡献。

一、学术生涯

苏东水先生于厦门大学毕业后，1953年9月至1956年9月在重工业部的所属单位从事技术、经济、管理等调研工作，为调查研究员、秘书。1953年至1978年发表有关技

---

1 本文原是芮明杰、任浩、颜世富、王韧等教授编著的《苏东水学术思想活动》等文的主要内容，2013年由余自武博士、林善浪教授等整理刊载于钱伟长总主编《20世纪中国知名科学家学术成就概览》（管理学卷，科学出版社，2013年），2014年结合《中国管理学术思想史》（经济管理出版社出版，苏东水、苏宗伟等著）内容作《学术六十年，育人十百千》，后收录于《苏东水文集》（复旦大学出版社，2016年）。

术、经济、管理等文章一百余篇。1956年9月起在上海财经学院、上海社科院等单位任教、从事科研工作。参与《中国工业管理》等书及文章的写作。1958年开始调研中国乡村小企业。1972年1月起进入复旦大学工作,先后在复旦大学经济系、经济管理系、经济管理研究所和东方管理研究中心担任系主任、教授、所长和博导,被授予复旦大学"首席教授"称号。

自1976年开始,苏教授就致力于中国特色经济与管理学思想的研究与探索,创造了众多"第一"。

1.最早举办经济管理电视讲座,举办了《国民经济管理》《管理心理学》《经济与管理》《企业管理基础知识》等大型电视讲座,受众逾50万人次。

2.最早进行海上丝绸之路起点泉州发展战略的区域经济研究。

3.首期"泉州模式"及其五个特点:股份制的经济形式、外向型的市场经济、国际化的经营道路、侨洋式的生产条件、灵活的经济管理,并根据"泉州模式"转型升级发展而提出五个新特点。

4.最早提出发展泉台关系和联系世界华商的"五缘理论"(亲缘、地缘、文缘、商缘、神缘)。

5.出版中国第一部东方管理学著作。

6.最早承接国家自然科学基金重点项目"东方管理思想研究""中国企业管理现代化研究"等。

7.首提东方管理"以人为本、以德为先、人为为人"的"三为"思想。

8.首次承接"中国沿海经济发展战略研究"课题,并提出"以上海为中心,南北两翼齐飞,以沿海地区为轴心,内外市场联动"的沿海经济发展模式战略观点。

9.首发"中国企业管理教育丛书"18部。

10.首发"中国乡镇企业家丛书"8部。

11.首发《中国工业企业经营管理学》。

12.首发大型中国管理学研究巨著《中国管理通鉴》(四卷)。

13.首创东方管理"五字经"。"学(三学)、为(三为)、治(四治)、行(五行)、和(三和)"的完整理论体系。

14.首发《东方管理学著系》的"三学、四治、八论"等15部著作、《世界管理论坛》(15部)、《IFSAM 2008世界管理大会论文集》(英文版)等。

15.首发《世界管理论坛》与《东方管理评论》。

16.首创一系列管理论坛,创立并连续举办了15届世界管理论坛暨东方管理论坛、IFSAM'97世界管理大会、IFSAM2008世界管理大会、'99世界华商管理论坛、东方精英大讲堂等。

17.首创一个新学科——东方管理学科，创建东方管理科学研究院。

18.国内外首设东方管理学专业博士点与硕士点，开国际管理教育之先河。

19.首提"人为为人"这一东西方管理的本质命题。

20.首创一个管理学派——东方管理学派，涌现出一批突出的、大有可为的三百余人的学术和管理精英。他们活跃于中国经济建设各条战线，长期从事中国经济学与管理学理论与实践研究，成为强大的生力军。

1992年起，苏东水先生被国务院学位委员会聘为经济学学科评议组成员，应用经济学、工商管理学科评议组成员。1982年，苏东水先生被中国国民经济管理学会推选为会长，国务院研究中心主任马洪为名誉会长，主持编著《国民经济管理概论》教材。中共中央宣传部、组织部和国家计委给予高度评价，并开会讨论决定把此书作为党政军的学习材料，发行量达300万册。1983年，由苏东水先生负责修订，更名为《国民经济管理学》。

苏东水先生组织召开了IFSAM'97世界管理大会，来自三十多个国家和地区的代表三百余人参会，国内外五十余家媒体到会采访，媒体的报道称，这次会议标志着"东方管理文化在世界叫响"。1999年6月，苏东水先生创立复旦大学东方管理研究中心和国家重点学科管理心理实验室，并担任研究中心主任。1999年11月，苏教授组织召开第二届世界管理论坛暨99世界华商管理大会。2004年1月，引起广泛关注的CCTV"世界著名大学"系列专题片"复旦大学"篇，对苏东水先生做了专访，并把东方管理学作为复旦管理学科的杰出代表，对东方管理学给予高度评价。2004年7月，苏东水先生参加上海世博会项目评审活动。2014年12月25日至26日，苏东水先生执教五十周年庆祝大会暨第八届世界管理论坛与东方管理论坛在浦东上海国际会议中心举行。2008年7月，IFSAM第九届世界管理大会在上海举行，来自33个国家近五百名代表参加了盛会。

苏东水先生著作等身，著书近百部，计两千余万字，在管理学、经济学、心理学等领域都做出了杰出的贡献。体现在：对中国式管理理论与实践的贡献，对创立国民经济管理学科理论新体系的贡献，对创立以人为学为基础的管理心理学科理论体系的贡献，对创立应用经济学理论体系和中国沿海区域经济发展理论、乡镇经济学、经济监督学等的贡献，对建立现代管理科学体系的贡献，最先发表《试论管理科学的性质与对象》等，对发展我国工业经济和企业管理理论的贡献，对研究间接控制论的贡献，

东水流长:纪念恩师苏东水先生

对建立现代企业家理论系统的贡献,对中国企业管理现代化研究的贡献,对创立中国产业经济学学科的贡献等;在复旦大学创建国内外第一个东方管理学博士点、硕士点。

　　苏东水先生先后承担了"沿海地区经济发展战略研究"和"著名跨国公司在华竞争战略""东方管理学思想研究""虚拟研发组织运行机制与治理结构理论与实证研究"等一批国家自然科学基金、国家社会科学基金项目和其他项目;在《中国社会科学》《管理世界》《中国工业经济》等权威刊物先后发表《中国古代行为学说研究》《中国古代经济管理思想——〈孙子〉的经营和领导思想方法》《试论管理科学的对象与性质》《论东方管理哲学》《21世纪东西方融合与发展趋势》《间接控制论研究》《走向世界的东方管理》《中国管理科学的发展》《三论泉州模式》以及《东方管理五缘理论与海西发展》等三百余篇高水平的学术论文(其中《21世纪东西方融合与发展趋势》于2009年1月被《新华文摘》全文转载)。在IFSAM历届世界管理大会上,多次以"东方管理文化"为主题发表"弘扬东方管理文化""东方管理走向世界"等报告,在国际管理学界有着广泛影响。出版了《东方管理学》《产业经济学》(三版),《管理心理学》(五版,一百余万册),《应用经济学》《中国管理通鉴》(四卷),《国民经济管理学》(发行300万册)等有影响力的著作近百部。马洪教授就《国民经济管理学》指出:"它为我国的经济管理理论填补了一项空白。"教育部在苏教授执教50年的贺信中高度评价道:"苏东水先生是享有盛名的管理学家、经济学家,他热爱高等教育事业,为我国管理科学的发展和高层次人才培养作出了重要贡献。他潜心钻研,成果丰硕,并积极将自己的研究与我国现代化建设的实际紧密结合,探索出了独具特色的东方管理学派,为中国管理学走向世界做出了重要贡献。"苏教授创立并担任所长的复旦大学经济管理研究所的教学科研成果在教育部重点高校174个研究机构评估中获得全国高校文科研究机构综合类研究所第一名、经济类研究所第一名和人均培养研究生第一名的"三个第一"。

　　苏教授是东方管理学派的创始人,是国内研究国民经济管理学、应用经济学、产业经济学、东方管理学、人文科学和管理心理学等学科的主要先行创造者,他提出的"以人为本、以德为先、人为为人"的东方管理学核心思想得到国内外学术界的广泛认同,被誉为"中国管理学界的一代宗师"。苏教授一直以弘扬中华优秀传统文化,探索东方管理文化的渊源、应用、体系,建立东方管理模式为己任,为中国管理学走向世界做出了重要贡献。1992年开始,苏东水先生连续20年率团参加在日本东京、美国达拉斯、法国巴黎、西班牙马德里、加拿大蒙特利尔、澳大利亚黄金海岸、瑞典哥德堡、德国柏林、中国上海、法国巴黎以及爱尔兰等地举行的IFSAM历届世界管理大会,提交了

《中国古代管理行为学说》《弘扬中华优秀文化，建立中国特色的管理学体系》《东方管理文化的探索》《东方管理文化的复兴》《面向21世纪的东西方管理文化》等论文，颇受与会各国代表关注。同时，他还被聘为东亚国际经营协会联盟副主席、日本通产省中小企业委员会委员，参加了在日本、韩国、越南、俄罗斯等国家举办的国际会议，作了"东亚模式"等学术报告。为了扩大东方管理学的影响，从1997年起苏教授作为主席组织举办了15届世界管理论坛暨东方管理论坛、两届世界华商管理大会，在海内外学术界和企业界引起了巨大反响。

苏东水教授热爱高等教育事业，乐育英才，甘为人梯，在复旦大学首设了东方管理学的硕士点和博士点，通过"传道授业"实现东方管理学派"经世济民"的理想。自执教以来，已培养硕士、博士三百余名，博士后五十余名。原上海市政协副主席、复旦大学校长王生洪教授称："苏东水先生作为复旦大学的知名教授，为四化建设培养高层次的急需人才，在教育科学文化各方面都做出了重大贡献。苏东水先生桃李满天下，成就卓越。"《人民日报》等权威媒体也多次对苏教授及其科研教学成就进行了大篇幅的报道，目前，苏东水先生正组织编著宏大的"东方管理学派著系"经典与案例丛书15册。先生素以"路漫漫其修远兮，吾将上下而求索"自勉，至今仍壮志不已，笔耕不辍，继续为中华民族的振兴，为东方管理学派的发展，为建设有中国特色的经济与管理学理论贡献着自己的力量。

二、研究领域与学术成就

苏东水先生创立了中国国民经济管理学科新体系、产业经济学新体系、东方管理科学新体系、人为科学新体系、以人为学为基础的管理心理学科理论体系等，在应用经济学、管理科学、企业管理理论等方面有较深的学术造诣，并创建了东方管理学派。他曾多次应邀赴日本、美国、法国、西班牙、加拿大、瑞典等国讲学，率团出席了历届世界管理大会，最先提出"以人为本、以德为先、人为为人"的东方管理"三为"思想。他创建了上海管理教育学会、复旦大学经济管理研究所、东方管理研究中心，创建了复旦大学企业管理、产业经济学和东方管理学的硕士点、博士点，是《中国管理通鉴》的总主编，东方管理学派著系"三学""四治""八论"的总主编，《世界管理论坛》的总主编，《东方管理》的总主编，担任《复旦学报》(社科版)的编委。以东方管理学派创始人身份成为唯一入选"中国60年管理20人"的管理学者。苏东水先生在长期的教学、科研生涯中，积累了丰富的学术思想，涉猎哲学、经济学、管理学、心理学和伦理学等，其

学术成就与思想主要如下:

1.创建东方管理学派

苏东水先生通过三十多年研究,融合古今中外学说,自成学术体系,将东方管理文化的精华概括为"以人为本、以德为先、人为为人"。

中国管理思想源远流长。苏东水先生自1976年开始发表研究中国古代管理思想的文章,开设"《红楼梦》经济管理思想讲座"。1986年,在《文汇报》上发表《现代管理学中的古为今用》一文,引起社会很大反响。同年,在日本参加的现代化国际研讨会上,苏东水先生专门介绍了中国现代化管理中古为今用的事例,引起与会专家、学者、企业家的高度重视。他们提出要共同合作研究,建立"管理的东方学派"。1990年,苏东水先生在日本东京国际学术交流会上发表《中国古代行为学派研究》的演讲,之后在日本、美国、法国、西班牙等国家召开的历届世界管理大会上发表了《中国工业化道路的环境问题》《弘扬东方管理文化,建立中国特色的管理体系》《东方管理文化的探索》《中华文化与管理科学》《无形资产管理与东方管理文化的复兴》《21世纪东西方管理融合与发展》《当代中国管理科学》《中国管理模式》《中国东方管理学发展》和《论东方管理哲学》等学术演讲。

苏东水先生历时三年多时间主编的《中国管理通鉴》(四卷,二百八十余万字)于1996年出版。该书是中国第一部有关这方面的著作。《中国管理通鉴》在广泛搜集整理经、史、子、集等中国传统文化典籍中的管理思想的基础上,对中国传统管理思想进行了一番精心细致的梳理、提炼,内容涉及儒、墨、道、法、兵、纵横、阴阳、杂、农、技等百家流派、人物、思想;《中国管理通鉴》对中国传统管理的理论、实践效应等进行全方位的探索和研究。苏东水先生将这一理论体系概括为治国学、治生学、治家学和治身学,这"四学"大系统及其子系统积累的实践经验与学问形成了东方独特的管理文化,形成了自己的管理传统学科体系。这个传统学科体系就管理哲学思想而论,包含道、变、人、威、实、和、器、法、信、筹、谋、术、效、勤、圆15个要素。苏东水先生将东方管理的本质概括为"人为为人",在'97世界管理大会上所做的面向《21世纪的东西方管理文化》的主题报告使国内外学术界更重视以中华文化为核心的东方管理文化,国内外有五十多家新闻媒体报道了此次大会的盛况,国内一家颇有影响的媒体作出了高度的评价,认为这次盛会标志着"东方管理文化在世界叫响"。

苏东水先生为继续弘扬中华优秀文化,融合古今中外管理学术,致力于主编"东方管理精要"(中英文对照)、"人为科学"以及"东方管理学派"著系15部,包括《东方管理学》《中国管理学》《华商管理学》，《治国学》《治生学》《治家学》《治身学》，《人本学》《人德学》《人为学》《人道学》《人心学》《人缘学》《人谋学》《人才学》等。经过多年研究，将出版《东方管理学精要》(中英文对照)以及《人为科学研究》等，形成了国际管理学界独树一帜的新学科。

2. 创立国民经济管理学科理论体系

苏东水先生自1982年起主持编写的《国民经济管理学》是我国第一部社会主义宏观经济管理专著，他还著有《经济管理导论》《国民经济管理学讲义》《国民经济管理500题》等。他主持编写的《国民经济管理学》受到学术界和国家有关部门的充分肯定和重视。该书主要是通过国家经济生活的各部门、各组织、各环节、各领域，比较系统全面地论述了国民经济管理的目标、过程、内容、组织、方法和效益，对我国经济管理体制的改革、完善，提高我国经济管理水平，促进国民经济管理学科建立、教学与研究均具有重大意义。第一，在我国首创了比较完整、合理的国民经济管理学科理论；第二，在理论上有所突破，为建立中国特色的国民经济管理理论开拓了一条新路；第三，把传统与现代的管理科学结合起来；第四，应该如何提高社会效益；第五，在此基础上研究与建立了几个分支新学科，如经济监督学、经济决策学和城市经济学等。苏东水先生在总结十余年的教学经验及收集多方面意见与建议的基础上，又于1998年主编出版了《中国国民经济管理学》，总结改革开放20年以来的实践经验，形成了理论、主体、过程、行为的国民经济管理学体系。本书研究了作为国民经济管理主体的政府的管理模式、经济政策及领导行为，阐述了国民经济管理过程，如何有效制定发展战略，实施国民经济计划决策、监督调控，运用管理手段，协调平衡、发展经济；探索了国民经济运行中，如何有效地对产业、区域、资源、人力、市场、企业、涉外、国有资产及劳动与分配等经济行为进行管理；探讨了社会经济协调发展中的指标系统、发展道路和人的问题。本著作荣获国家、省、部级三个一等奖。

3. 创立以人为学为基础的管理心理学科理论体系

苏东水先生所著《管理心理学》已先后发行5版共100余万册，是中国发行量最大的管理心理学著作。他认为，融合东西方论述的管理本质可以概括为"人为为人"。每一个人要注意自身的行为修养，"正人必先正己"，然后从"为人"的角度出发，来从事、控制和调整自己的行为，创造一种良好的人际关系和激励环境，使人们能够持久地在激发状态下工作，能动性得到充分发挥，"人为"与"为人"二者具有辩证关系，相互联系并且可以转化。对任何管理者或被管理者，都有一个从个人行为逐步向为他人服务转变的过程,即从"人为"向"为人"转变的过程。这一过程体现在家庭、行业、国家的管理之中,管理者与被管理者越是注重自身行为的素质,管理的效果就越好。从领导学的角度看,"人为"侧重于"领",通过领导者修炼自我素养而为被领导者作出表率;"为人"则侧重于"导",通过关注被领导者的情感利益和需求来引导他们的行为,使之与领导的行为一致,与组织群体的目标相一致,"人为为人"的要旨是把伦理与管理结合起来,把合乎规范的"领"与合乎情理的"导"结合起来,把领导者的行为与被领导者的行为结合起来,把利己与利他结合起来,把激励与服务结合起来,并从中寻求中正、中和、中庸、中行的途径以达成群体目标。

苏东水先生指出,要建立中国特色社会主义经济体制,应该重视研究人的行为、企业本身的行为和国家对企业管理的行为,这是经济起飞发展的三个车轮。基于人文学思想,苏东水先生在《管理心理学》中对人的个性、人的需要、人的期望、人的挫折、人性管理、激励行为、决策行为、领导行为、组织行为、创造行为、劳动者心理、消费者心理、青年人心理、群体心理、心理测量等内容进行了深入、广泛的研究。本著作获国内外专家、企业家广泛好评,荣获国家、上海市一等奖。

4. 在应用经济学领域的贡献

(1)对创立中国沿海区域经济发展理论的贡献。苏东水先生以马克思区域经济理论为指导,就该领域的理论、战略、对策诸方面进行比较研究,并在日本"东亚地区开发协作国际研讨会"上作了《中国经济改革、发展与东亚地区协作关系》的学术报告,受到了与会各国代表的重视与好评。另外,他还主持召开了10余次中外管理模式比较、区域发展研究的国际学术研讨会,并于1991年4月18日在上海主办"东亚-中国沿海经济发展国际研讨会",提出了"以上海为中心,南北两翼齐飞,以沿海地区为轴心,内外市场联动"的中国沿海地区经济发展模式,国内外近10家新闻媒体报道了这一具有重要意义的战略观点。作为沿海地区经济研究的一部分,苏东水先生组织了对泉州市经济社会各方面的规划,并为泉州市制定了发展战略。他从1982年起通过实地调查研究,1986年发表"泉州经济发展模式",首次提出了股份制的经济形式、外向型的市场经济、侨洋式的生产条件、灵活性的经营管理、国际化的发展道路的观点,从理论与实践上阐述并论证了市场经济发展道路。

(2)对建立中国乡镇企业经济学科的贡献。苏东水先生对中国乡村小企业的调查研究始于1958年,并写了《社队工业》。20世纪80年代,他主持了上海市"七五"重点科研项目"中国乡镇企业模式比较研究",并于1986年率先组织了全国性的"乡镇经济模式比较"研讨会,提出了把乡镇建设成"城乡融合的新型区域"的战略目标。他主编的《中国侨乡经济管理学》和"中国乡镇企业家"丛书共八册,几乎涉及了乡镇企业经营管理的所有方面,全国10多家报刊专门作了介绍,是我国最早创立的民营企业管理的新学科。

(3)对建立经济监督学科的贡献。1986年出版的《经济监督学》是这方面的代表作。该著作研究了经济监督的对象、历史、概念、分类、目的、职能、过程、作用和体系等,较早提出了这门学科的理论体系和实施框架,是我国首创的新学科。

5.对我国管理科学企业管理理论的贡献

(1)对建立现代管理科学体系的贡献。1985年,苏东水先生在《复旦学报》上发表了《试论管理科学的性质与对象》,该论文获上海市哲学社会科学论文奖。他首先以马克思关于管理两重性的理论为指导,在率先挖掘出中国历代管理思想宝库的基础上,第一次阐述了管理科学的多功能、多层次、多属性的特点,明确提出管理科学是一个综合性研究生产力、生产关系和上层建筑的科学体系,与自然科学、技术科学具有同等重要地位的论点。实践证明,这一具有开创性的观点,为中国式管理科学体系的建立明确了方向,奠定了坚实的基础。

(2)对发展我国工业经济和企业管理理论的贡献。苏东水先生编写出版了《工业经济管理》"企业经营管理教材"丛书等,系统地论述了企业的计划、生产、组织、销售诸环节,成为我国较早发行的较为完整的、系统的关于生产经营管理人员的实用工具书,对发展我国工业经济和企业管理理论做出贡献。1982年出版的《工业企业经营管理学》是我国关于中国管理的第一部著作,获上海市哲学社会科学奖。

(3)对研究间接控制论的贡献。1986年,苏东水先生在江泽民同志主持的上海市理论双月会上提出了"间接控制论"等观点,全文被印发上报中央。他提出,建立新型的社会主义经济体制,主要在于增强企业活力、完善市场体系和搞好间接控制这相互关联的三个方面,公开提出了国家对企业的管理应由直接控制为主改为间接控制为主的观点。

(4)对建立现代企业家理论系统的贡献。1987年,苏东水先生主持了上海社科重点科研项目"现代企业家研究",发出了对敢于在市场充分开拓创新的现代新型企业家的呼唤,并于1989年出版了《现代企业家手册》一书,首次就现代企业家的含义、特征、素质、性格、作风、行为、环境、经营管理及领导艺术作了全面论述,该书获江西省哲学社会科学一等奖。苏东水先生组织指导设计的"现代企业家仿真测评"的科研项目被社会评价为"国内领先，具有国际先进水平"。

（5）对中国企业管理现代化研究的贡献。苏东水先生主持的"中国企业管理现代化研究"是上海市"六五"重点科研项目的成果，1989年由上海人民出版社出版。该书荣获上海市社科特等奖，获得社会广泛好评。该课题取得了如下显著成果：一是在我国首次提出较为完整的中国企业管理现代化的体系内容，即思想、组织、人才、方法、手段现代化，并得到国家经委认可，被写入《企业管理现代化纲要》；二是就管理思想、组织、方法、手段、人才现代化开展系统研究，提出中国企业管理的理论及有关新观点；三是在比较国外企业管理现代化过程和经验的前提下，提出了中国企业管理现代化的模式及展望；四是研究现代管理中古为今用、洋为中用的问题；五是苏东水先生主编的《现代管理学》一书在《企业管理》杂志连刊《企业管理现代化讲座》，这本专著是我国第一本系统论述中国企业管理现代化的著作，具有较高的学术价值和应用价值，被称为现代管理学派的新著作。

三、社会评价与荣誉

苏东水先生学术生涯60年，创立了独具特色的东方管理学派、世界管理论坛、东方管理论坛、华商管理论坛、东方精英大讲堂、泉州模式等。主要成就有《东方管理文库（世界管理论坛）》（18卷）、《中国管理通鉴》（4卷）、东水研究著系（68册）。先后独著、合著、主编并出版了近百部著作，10次荣获优秀著作特等奖、一等奖；发表论文300多篇；在中国权威报刊《人民日报》全文发表《伟大时代新学说——东方管理科学的兴起》《东方管理文化的复兴》等有影响的文章，为中华民族在国际管理学界创立了独树一帜之学派。苏东水先生先后获得国家级和省部级一等奖、特等奖12项，主要有：

《工业企业经营管理学》，1986年获上海市哲学社科著作奖；

《论管理科学性质与对象》，1986年获上海市哲学社科论文奖；

《国民经济管理学》，1988年获国家教委高校优秀教材一等奖、全国优秀图书一等奖、上海市社科优秀著作一等奖；

《工业经济管理》，1989年获中国经济体制改革委员会优秀教材、上海社科著作奖；

《现代企业家研究》，1989年获江西哲学社会科学优秀著作一等奖；

《中国沿海经济研究》，1992年获日本赤羽学术一等奖；

《中国企业管理现代化研究》，1993年获上海市哲学社科著作特等奖；

《管理心理学》，获上海市哲学社科著作一等奖；

《中国管理研究》，1998 年获上海市人民政府教学成果二等奖；

《中国管理通鉴》，获教育部第二届人文科学研究成果奖，1998 年获上海市哲学社科一等奖、上海汽车工业教育基金一等奖、上海汽车工业教育基金十年重大成果奖；

《产业经济学》，2000 年、2002 年、2010 年版，被教育部确定为面向 21 世纪重点教材项目；

"东方管理学思想研究"，2002 年，国家自然科学基金项目总评优等；

《东方管理》，(山西人民出版社，2003 年)，是东方管理学派的名著，被誉为"红色风暴"；

《东方管理学》，(复旦大学出版社，2005 年)，国家"十一五"重点规划项目；

《中国管理学》，(复旦大学出版社，2006 年)，国家"十一五"重点规划项目；

《华商管理学》，(复旦大学出版社，2006 年)，国家"十一五"重点规划项目。

苏东水先生 2013 年被教育部评为"20 世纪中国知名科学家"，编入《20 世纪中国知名科学家学术成就概览(管理学卷)》(总主编钱伟长，科学出版社，2013 年)，复旦大学管理学院获此殊荣的仅两人。

2014 年复旦"985 工程"项目，苏东水、苏宗伟等著的《中国管理学术思想史》(经济管理出版社，2014 年)获中国管理科学奖。

四、苏东水先生主要著作与成果

Chungwai Su, Dongshui Su, Eastern Management, Singapore: Published by World Scientific, April 2021;

苏东水、苏宗伟等：《中国管理学术史》，经济管理出版社，2014 年；

苏东水：《东方管理学》，复旦大学出版社，2005 年；

苏东水：《管理心理学》，复旦大学出版社，1987—2013 年(第 1 版至第 5 版)；

苏东水、彭贺：《中国管理学》，复旦大学出版社，2006 年；

苏东水：《产业经济学》(第 3 版)，高等教育出版社，2010 年；

苏东水：《应用经济学》，东方出版中心，2005 年；

苏东水：《管理学——东方管理学派的探索》，东方出版中心，2003 年；

苏东水：《东方管理》，山西经济出版社，2003 年；

苏东水：《管理学》，东方出版中心，2001 年；

苏东水:《泉州发展战略研究》,复旦大学出版社,1999年;

苏东水:《中国三资企业研究》,复旦大学出版社,1997年;

苏东水:《企业现代管理学——原理·方法·应用》,山东人民出版社,1987年;

苏东水:《中国沿海经济研究》,复旦大学出版社,1993年;

苏东水:《中国乡镇企业管理学》,山东人民出版社,1990年;

苏东水:《经济监督学》,山东人民出版社,1986年;

苏东水:《现代企业家手册》,江西人民出版社,1989年;

苏东水:"中国乡镇企业家"丛书,浙江人民出版社,1989年;

苏东水:《中国乡镇经济管理学》,山东人民出版社,1988年;

苏东水:《中国国民经济管理学》,山东人民出版社,1998年;

苏东水:《中国管理通鉴》(四卷),浙江人民出版社,1996年;

苏东水:《中国企业管理现代化研究》,复旦大学出版社,1989年;

苏东水:《企业领导学》,浙江人民出版社,1988年;

苏东水:《乡镇经济学》,浙江人民出版社,1989年。

后　记

　　苏东水先生是我的恩师。我曾在 1998 年至 2005 年间在他身边度过了极其难得的学习和参与社会活动的美好岁月。从很早时候起，我就有为苏先生撰写传记或纪实文学的想法，但因为担心自己文笔平平，无法准确表达苏先生及其弟子们的精神风貌，迟迟未能动笔，仅在我的个人专著和财经小说后记中表达了对苏先生的无比崇敬之情。

　　直到 2020 年 1 月，我在参加"苏东水管理教育基金成立暨捐赠仪式"前后，才最终作出撰写纪实文学的决定。先是北京大学国家发展研究院 BiMBA 院长陈春花教授在捐赠仪式前的短暂休息中建议我"写一写苏老师"，但因为前面说到的原因，我没敢立即应承下来。不过，在完整参加捐赠仪式的过程中，目睹年已九旬的苏先生仍然以一种优雅的姿态致力于东方管理学派的发展，内心深受感染，于是开始认真考虑陈春花教授的建议。午餐时，原复旦大学管理学院伍华佳副教授等学长、学弟再次提议我写一写苏先生，我便当即应承下来，并声言要写一部苏先生及其弟子们的"群英谱"。大概在彼时，我的潜意识里因为首部长篇财经小说《资本迷局》的大受欢迎且第二部长篇财经小说《融资风云》也接近完稿，所以才壮着胆子应承下来的吧！

　　自 2020 年 5 月 19 日开始，我利用休息时间，断断续续地在我的个人微信公众号"艺眼投资"里连载了纪实文学《东水流长》的初稿。至 2020 年 7 月 8 日，我在 50 天的时间内推送了 36 集初稿。此后，又经过补充完善和反复修改，才于 8 月 6 日基本完稿。在本书收集素材和写作、修改期间，我多次去华侨新村探望苏先生和师母，从两位老人那里搜集到许多珍贵的一手资料和历史记忆。这既为本书的顺利写作奠定了坚实的基础，也使我更进一步走进了苏先生的内心世界，更令我深深感佩苏先生的为人和奋进精神。2021 年 6 月 13 日，敬爱的苏先生去世后，全体苏门弟子和苏先生的亲朋好友陷入无比悲痛之中，大家纷纷撰写挽联和悼念诗文。为全面反映苏先生在教育、创学、为人及社会活动等方面做出的重大贡献，我将上述文字及在苏先生追悼会上复旦大学校、院领导的发言和追思词,以及苏先生的学生代表、子女代表的追思词也整理后放入本书的附录中,并对全书进一步补充完善。

　　本书之所以能最终完成,除了苏先生的精神感召之外,也与众多师友的鼓励和支持是分不开的。在此,我要特别感谢以下师友(按姓氏笔画排列):马文军博士、马彦博士、新疆财经大学校友总会会长马洁教授、第十二届全国政协副主席王家瑞教授、上海交通大学安泰经济与管理学院原院长王方华教授、中国光大集团董事王小林先生、复旦大学管理学院王龙宝副教授、上海百年企业管理咨询有限公司总经理王汇群博士、上海交通大学国家战略研究院王军荣博士、南京政治学院上海分院少将毛林根教授、盛京银行上海分行毛隽博士、陕西学前师范学院副校长文明教授、中国海洋大学管理学院工商管理系邓晓辉副教授、复旦大学世界经济研究所原所长甘当善教授、上海兰丞股权投资管理有限公司总经理叶建宏博士、重器资产董事长田超博士、上海工程技术大学党委副书记史健勇教授、上海交通大学石金涛教授、上海财经大学公共经济与管理学院付春副教授、第十三届全国政协常务委员兼副秘书长朱永新教授、同济大学法学院朱国华教授、上海万杨建设托管监理有限公司朱毅董事长、复旦大学管理学院伍华佳副教授、同济大学发展研究院院长任浩教授、上海财经大学商学院副院长刘志阳教授、中国领导力研究院院长刘峰教授、中银基金人力资源部总经理刘爱东博士、许晨总经理、上海外国语大学国际金融贸易学院孙建副教授、同济大学经济与管理学院孙遇春教授、上海国盛集团董事长寿伟光博士、纪文龙博士、复旦大学管理学院产业经济学系主任芮明杰教授、复旦大学东方管理研究院院长苏勇教授、泉州市政协苏涛博士、平安证券投行部执行副总裁苏江明博士、复旦大学管理学院李元旭教授、泉州晋江国际机场副总经理李龙新博士、上海锦垣城石业有限公司李志君总经理、上海国际机场股份有限公司党委副书记李育红博士、问对企业管理咨询总经理李建华博士、国信弘盛私募基金管理有限公司投资业务五部副总经理李信民博士、杨文斌总经理、佳程集团副总裁杨光平博士、中国自由贸易区创新发展研究联盟副秘书长杨恺钧副教授、上海知亦行律师事务所主任杨翙杰博士、南昌市委常委及副市长肖云博士、江西财经大学原副校长吴照云教授、北京大学战略研究所理事长何志毅教授、天瑞集团股份有限公司财务总监何桂钦先生、中国商飞财务公司党委副书记余自武博士、友邦人寿余超林博士、贝尔阿尔卡特原首席战略官邸杨博士、中欧国际工商学院院长汪泓教授、常州工学院副校长汪群教授、中央政策研究室及中央改革办公室副主任张季博士、浦东新区组织部副部长及编办主任张长起博士、河海大学世界水谷研究院院长张阳教授、国泰君安证券合规总监张志红博士、辽宁大学哲学与公共管理学院副院长张学本教授、复旦大学经济学院陆前进教授、陈志英先生、上海漕河泾新兴技术开发区发展总公司总顾问陈青洲博士、福建省数字福建建设领导小组办公室主任及福建省大数据管理局局长陈荣辉博士、上海市人大常委会副主任陈靖博士、上海实业(集团)有限公司战略规划部副总经理陈静博士、上海社科院世界经济研究所市场研究部原主任陈志宏研究员、林志添先生、集美大学工商管理学院林纾副教授、国家市场监督管理总局离退办主任邰展博士、同济大学城市与区域科学研究所所长林善浪教授、同济大学发展研究院中国产业园区发展研究中心副主任罗进博士、深圳藏巴拉投资发展有限公司创始合伙人金石开先生、华鑫证券副总裁郑木青博士、上海世博会事务协调局主题演绎部原部长季路德博士、中央军民融合办常务副主任金壮龙博士、上海威达集团有限公司董事长周桐宇博士、河海大学商学院院长周海炜教授、上海工程技术大学管理学院副院长孟勇教授、上海交通大学安泰经济与管理学院孟献忠教授、上海管理教育学会会长赵晓康教授、中央企业高管赵斌博士、上海海事大学赵渤副教授、国家行政学院胡月星教授、复旦大学纪委副书记胡华忠博士、深圳大学经济学院钟杏云教授、上海新律企业管理有限公司俞勤总裁、复旦大学哲学学院袁闯副教授、山东省人力资源社会保障厅副厅长夏鲁青博士、中国民生银行深圳分行副行长夏靖博士、海富产业投资基金管理有限公司副总裁顾弘博士、上海理工大学工商管理学院院长顾宝炎教授、复旦大学华商研究中心主任徐培华教授、安徽省政府驻上海办事处原主任高洪博士、复旦大学旅游学系郭英之教授、九如城养老产业投资有限公司董事长谈义良博士、中国天楹股份有限公司副总裁陶志峰博士、海南省企业家协会执行会长章一鸣博士、云南省政府发展研究中心黄智丰副研究员、黑龙江证监局局长曹勇博士、上海浦东发展集团浦东建设原党委书记曹益生博士、复旦大学管理学院彭贺副教授、厦门邮储银行彭淞博士、复旦大学管理学院蒋青云教授、上海对外经贸大学金融管理学院嵇尚洲副教授、复旦大学党委原书记程天权教授、东方国际集团董事长童继生博士、上海交通大学媒体与设计学院童清艳教授、谢金良先生、香港精优药业总经理楼屹博士、福建省龙岩市原市长游宪生博士、厦门大学人力资源研究所原所长廖泉文教授、中国宝武集团中南钢铁有限公司党委副书记蔡建群博士、上海交通大学东方管理研究院院长颜世富教授、国务院新闻办公室及中国互联网新闻中心副总编辑潘书培先生、复旦大学能源经济与战略研究中心副主任潘克西博士、合肥市政府驻沪联络处副调研员戴俐秋博士等。

上海外国语大学国际工商管理学院工商管理系主任苏宗伟教授不仅提供了部分写作素材,还在每篇初稿推送前帮忙校审,提出了很多具体修改建议。在本书定稿前,他再次牺牲宝贵的休息时间,对全书进行校审。在此,谨向他致以衷心的感谢!

我还要特别感谢王小斐、彤丽炜、吴金梅等文友,虽然至今未曾与他们谋面,但他们却热情地在我连载的初稿中留言点评,或者给予鼓励,或者直言不足,从而使我得以坚持写作并有所提高。

天津人民出版社总编辑王康女士和编辑王玙、郑玥对本书的出版、发行付出了大量的心血。在此,谨向她们致以衷心的感谢!

最后,我还要再次感谢苏东水先生的指导培养及东水同学会各位师友的关心支持!本书虽然以我个人的名义出版发行,但它在一定意义上是东水同学会集体智慧的结晶。为此,我郑重承诺,本书的所有版税及其衍生的影视等著作权收益将全部捐献给"复旦大学管理学院苏东水管理教育基金",为东方管理学研究和传播事业尽点绵薄之力。

王国进

2021 年 7 月 12 日